DEBUT D'UNE SERIE DE DOCUMENTS
EN COULEUR

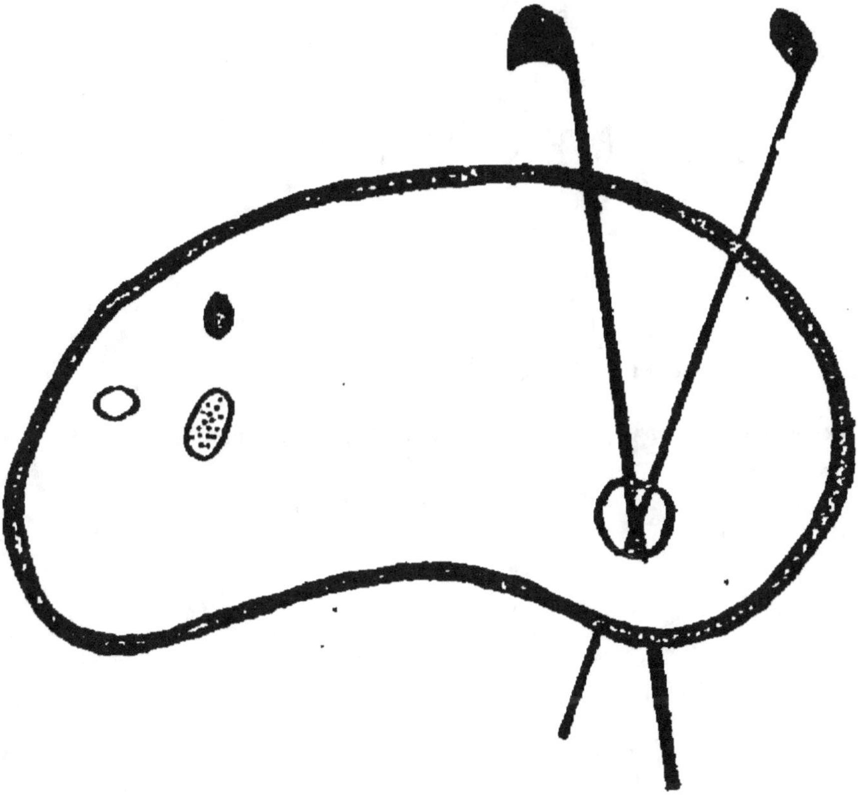

ÉCHOS ET CHANTS

DES BORDS

DE LA MER NOIRE

PAR

A.-L. PÉCUSSE

MAÎTRE DE LANGUE FRANÇAISE AU GYMNASE DE SIMPHÉROPOL

PARIS

SANDOZ ET FISCHBACHER, ÉDITEURS

33, RUE DE SEINE ET RUE DES SAINTS-PÈRES, 33

1873

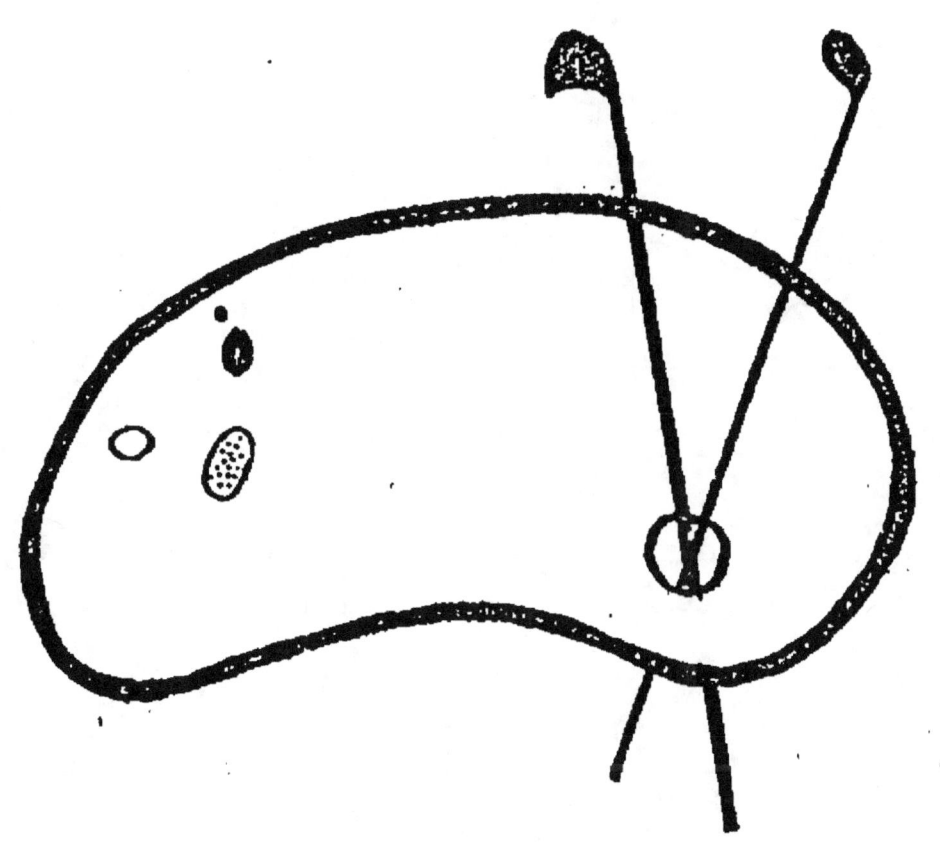

FIN D'UNE SERIE DE DOCUMENTS
EN COULEUR

ÉCHOS ET CHANTS

PARIS. — TYPOGRAPHIE DE CH. MEYRUEIS

RUE CUJAS, 13. — 1873

ÉCHOS ET CHANTS

DES BORDS

DE LA MER NOIRE

PAR

A.-L. PÉCUSSE

MAÎTRE DE LANGUE FRANÇAISE AU GYMNASE DE SIMPHÉROPOL

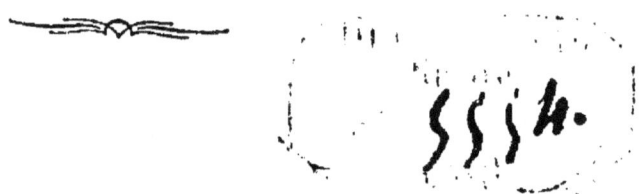

PARIS

SANDOZ ET FISCHBACHER, ÉDITEURS

33, RUE DE SEINE ET RUE DES SAINTS-PÈRES, 33

1873

PRÉFACE

Des traductions en vers du russe ; un tout petit poëme qui paraîtra peut-être encore trop long de moitié ; enfin, des mélanges de toute nature : voilà, lecteur, de quoi se compose le présent bagage poétique.

« Singulier bagage ! » direz-vous sans doute, « et qui ne rappelle que trop la valise en désordre d'un voyageur ! »

La vérité est qu'il y a ici, quoique dans un assez mince volume, un assemblage de choses qu'on n'est guère habitué à voir figurer ensemble sous la même enveloppe. Traductions et compositions, en effet, sont deux genres d'écrits, qui, bien souvent, diffèrent tout autant l'un de l'autre qu'une mauvaise photographie d'une mauvaise peinture, ou plutôt (grâce pour cette comparaison), qu'un vêtement retourné d'un habit neuf, ou censé tel.

Évoquons bien vite une autre image non moins exacte mais plus conforme au bon goût, en disant qu'il en est de cet assemblage de traductions et de compositions comme de la réunion dans un même parterre de plantes, qui, exotiques ou indigènes, rares ou vulgaires, ne laissent pas, toutes disparates qu'elles semblent en apparence, d'avoir, entre elles, certain caractère d'homogénéité.

La fin de cette remarque réclame de notre part quelques mots d'explication, dont le lecteur voudra bien nous pardonner l'ennui, en raison du devoir d'équité qui pour nous s'y rattache.

A des traductions du russe fait suite, a-t-il été dit plus haut, un petit poëme. Hâtons-nous d'ajouter qu'il n'est, lui aussi, çà et là du moins, qu'une reproduction, une imitation, une copie plutôt qu'une œuvre véritablement originale.

Dans les quelque six cents vers dont il se compose,

1

l'auteur ne fait guère, en effet, que présenter et déve-
lopper à sa manière des réflexions en partie dans la
bouche de bien des gens, en partie aussi et surtout l'objet naguère encore d'éloquentes dissertations en prose de
la part de plusieurs écrivains modernes.

Un article de la *Revue étrangère* de 1862, par M. Pierre
de L'Estoile, un roman bien connu de M. Alfred de
Vigny, enfin, certain discours de M. Alph. de Lamartine;
telles sont les sources auxquelles le poëme en question
sert, pour ainsi dire, de lit commun en quelques endroits
de son cours.

Parmi les pièces de la troisième partie de ce livre, il
en est deux : *La Fleur blessée, Perce-Neige et Primevère*, qu'il convient de ranger, elles aussi, dans la caté-
gorie des imitations. Les sujets, nous nous empressons
de le reconnaître, en ont été empruntés au charmant
recueil des *Fleurs animées* de MM. J.-J. Granville et
Taxile Delord, dont nous ne sommes, par conséquent,
quant à nous, que l'interprète ou le translateur en langage versifié.

Signalons encore quelques parcelles hétérogènes dans
la pièce intitulé : *La Foi, l'Espérance et la Charité*, où
les quatre premiers vers, par exemple, rappellent assez
textuellement l'*Ange* de Lermontoff; et disons, pour en
finir avec ces fastidieux détails, que même dans ce qui
demeure, aussi bien pour le fond que pour la forme,
notre exclusive propriété, il ne laisse pas que d'y avoir
avec le reste la plus grande connexité, au point de vue
du moins du titre général de l'ouvrage.

En effet, à nos originaux ne sied pas moins qu'à nos
copies les noms d'Echos et Chants de la Mer Noire, tant
à cause de la nature des sujets, qu'en raison des parages
où les uns et les autres ont exercé notre plume.

PREMIÈRE PARTIE

LES BOHÉMIENS

DE

A. POUSCHKINE

—

LA VOILE

ET

LE VAISSEAU FANTASTIQUE

DE

LERMONTOFF

TRADUCTIONS

> On ne traduit personne : l'individualité d'une langue et d'un style est aussi incommunicable que toute autre individualité. La pensée tout au plus se transvase d'une langue à une autre ; mais la forme de la pensée, mais sa couleur, mais son harmonie échappent, et qui peut dire ce que la forme est à la pensée, ce que la couleur est à l'image ?
>
> ALPH. DE LAMARTINE.

LES BOHÉMIENS

ou

L'HOMME QUI TUE DES STEPPES.

Les bohémiens vont, en cohorte bruyante,
Par la Bessarabie, où l'humeur les conduit.
Aujourd'hui, c'est au bord d'une onde qui serpente,
Sous la tente en lambeaux qu'ils passeront la nuit.
La douce indépendance et le gîte agréable !
Comme il fait bon dormir sous la voûte des cieux !
Entre les chars couverts d'un tapis misérable
Un feu brillant s'élève au niveau des essieux.
La famille à l'entour prépare, diligente,
Le mets qui doit servir pour le repas du soir ;
Les chevaux paissent l'herbe, et, derrière une tente
Docile, est étendu sans entrave un ours noir.
Tout est vie en ces lieux : humbles soins des familles,
Pour un trajet peu long prêtes dès le matin ;
Chants de femmes et cris de garçons et de filles ;
Enclume de campagne, au bruit sonore, enfin.
Mais bientôt, le tumulte au silence a fait place ;

La nuit sur le bivac a versé ses pavots ;

On n'entend, au milieu du calme de l'espace,

Qu'aboyer les mâtins et hennir les chevaux.

Déjà les feux partout sont éteints dans la plaine ;

Tout repose, et la lune à l'éclat argenté,

Seule, du haut des airs, en sa course lointaine,

Sur le bivac paisible épanche sa clarté.

Pourtant, dans une tente on ne dort pas encore :

Près de tièdes charbons est assis un vieillard.

A ce reste de feu se chauffant, il explore

Attentif, inquiet, la plaine du regard.

Mais des vapeurs du soir cette plaine est couverte ;

Et l'enfant du vieillard, une jeune beauté,

A gagné, se jouant, la campagne déserte.

Elle est habituée à vivre en liberté.

Son retour est certain ; mais la nuit est venue ;

Et la lune, déjà tout près de l'horizon,

S'apprête à déserter le séjour de la nue.

Zemphire ne vient pas ; et pour quelle raison ?

Déjà se refroidit le mets de la soirée.

Mais enfin, la voici. S'attachant à ses pas,

Un tout jeune homme suit sa marche accélérée.

Chez les bohémiens on ne le connaît pas.

« Mon père, dit Zemphire, ici je vous amène

Un hôte que vers moi le hasard a conduit
Près d'un tertre aujourd'hui dans cette aride plaine.
A ma prière il vient parmi nous, pour la nuit.
D'être bohémien il a conçu l'envie ;
Se trouve en ce moment sous les coups de la loi.
De grand cœur je consens à l'aimer pour la vie ;
Aléko (c'est son nom) veut s'attacher à moi. »

LE VIEILLARD.

Eh bien, soit ! J'y consens ; que jusques à l'aurore,
Notre tente te serve ainsi qu'à nous d'abri ;
Reste même avec nous bien plus longtemps encore,
Si bon te semble. Alors, sois de mon pain nourri,
Et logé sous mon toit ; enfin, sois un des nôtres ;
A notre sort errant fais-toi, si tu le peux ;
Sois content pauvre et libre, aussi bien que nous autres ;
Et demain, quand du jour luiront les premiers feux,
Dans la même charrette, ami, partons ensemble.
Adopte des métiers l'un ou l'autre, à ton choix ;
Bats le fer sur l'enclume, ou par des chants assemble
A l'entour de notre ours le peuple villageois.

ALÉKO.

Je reste.

1.

ZEMPHIRE.

Il est à moi : de celle qui l'adore
Quel mortel pourrait donc le séparer jamais ?
Mais il est déjà tard..... la lune jeune encore
A disparu ; la nuit étend son voile épais ;
Le sommeil sur mes yeux fait sentir sa puissance.

—•—

Il fait jour. Le vieillard se promène sans bruit
A l'entour de la tente où règne le silence.
« Zemphire, lève-toi, dit-il, le soleil luit ;
Eveille-toi, mon hôte ; il est temps, voici l'heure !
Abandonnez, enfants, le doux chevet ; debout ! »
En tumulte la foule a quitté sa demeure ;
Les tentes de la plaine ont disparu partout ;
Déjà pour le départ les charrettes sont prêtes ;
Tout à la fois bientôt se met en mouvement :
Et la foule des gens et la troupe des bêtes.
Voilà la caravane en marche en un moment.
Pour les yeux quel tableau dans cette plaine immense !
En de larges paniers, à son dos suspendus,
L'âne porte l'essaim de la folâtre enfance ;

Tandis que, tous ensemble, à pied vont confondus,
Femme, époux, frère et sœur, le vieillard et l'adulte.
Des cris étourdissants, des chants bohémiens ;
Les grognements de l'ours et le bruit qui résulte
De la chaîne de fer qui lui sert de liens ;
De lambeaux bigarrés les couleurs éclatantes ;
La demi-nudité des enfants, des vieillards ;
Des chiens les aboîments et les voix glapissantes ;
Et sons de cornemuse et bruits d'essieux criards :
C'est pauvre, c'est sauvage et plein de discordance
Tout cela ; mais, du moins, c'est vivant, agité.
Ce n'est pas notre inerte et frivole existence,
Semblable au chant des serfs pour l'uniformité.

Le jeune homme a jeté des regards de détresse
Sur l'espace à présent partout abandonné ;
Il n'ose s'expliquer la profonde tristesse,
Dont il est vaguement au fond du cœur miné.
Pourtant est près de lui Zemphire, aux yeux d'ébène ;
Partout s'offre à ses pas un sol hospitalier ;
Et le riant Phœbus, à son zénith, promène
Sur lui les rayons d'or de son ardent foyer.

D'où vient donc que son cœur d'émotion palpite ?
Et quelle inquiétude en ce moment l'agite ?

    L'oiseau du bon Dieu ne connaît
    Ni les noirs soucis ni la peine ;
    C'est sans aucun effort qu'il fait
    Son nid qui peu de temps l'enchaîne.
    Sur une branche il dort la nuit ;
    Puis, lorsque le soleil se lève,
    La voix de Dieu, l'oiseau la suit,
    Se secoue, et son chant s'élève.
    Après les charmes du printemps,
    De l'été la chaleur arrive ;
    Ensuite, brouillards, pluie et vents
    Amènent l'automne tardive.
    L'ennui de fondre alors sur nous !
    L'oiseau, d'une plage lointaine
    Gagne, lui, les climats plus doux,
    A travers la liquide plaine.

De même que l'oiseau, libre de tout souci,
Exilé comme lui, comme lui de passage,
De gîte permanent, il en manquait aussi ;
N'avait jamais sur rien fixé son cœur volage.
En tous lieux il savait se frayer un chemin,
Se trouver, pour la nuit, en tous lieux un asile ;

Sa journée à son Dieu l'offrait dès le matin ;
En ses desseins sacrés se confiait docile.
C'est ainsi, qu'à l'abri des soucis d'ici-bas,
Il goûtait en son cœur un bonheur sans nuage.
Parfois, de loin, la gloire, aux séduisants.appas,
Fit briller à ses yeux son décevant mirage.
D'autres fois la grandeur et les jeux et les ris
Avec empressement vinrent lui faire fête ;
Bien souvent à l'écart, par l'orage surpris,
Il entendit gronder la foudre sur sa tête.
Mais, que l'air fût en feu, que le ciel fût serein,
Son sommeil n'en était ni moins ni plus paisible.
Le funeste pouvoir de l'aveugle destin
N'était pas à ses yeux une chose admissible.
Mais, ô mon Dieu ! combien chez lui les passions
Se sont fait à plaisir le jouet de son âme !
Que de brûlants transports, que d'agitations
Elles ont soulevés dans sa poitrine en flamme !
Depuis quand, à quel point se sont calmés ses sens ?
Ils vont se réveiller. Pour t'en convaincre attends.

ZEMPHIRE.

Aucun regret, dis-moi, mon ami, ne s'éveille
Au souvenir des biens par toi, pour moi, quittés ?

ALÉKO.

Quels biens ai-je quittés ?

ZEMPHIRE.

Ta mémoire sommeille ;
Le séjour des humains, les brillantes cités.

ALÉKO.

Mais qu'y regretterais-je ? Ah ! que n'as-tu l'idée
De l'asservissement des centres populeux !
La foule entre des murs y vit barricadée,
Promenant à l'étroit ses flots tumultueux.
L'aurore n'y fait point sentir sa fraîche haleine ;
On n'y respire point le doux parfum des champs ;
Aimer, là c'est honteux, et, penser, chose vaine ;
Vendre sa liberté, la coutume des gens.
Le front s'y courbe aussi devant maintes idoles ;
On n'entend que ces cris : « De l'argent et des fers ; »
Qu'ai-je quitté ? sinon cent préjugés frivoles,
Remords, brigue cachée et déshonneurs trop clairs.

ZEMPHIRE.

Cependant, ce ne sont, là, que palais immenses,
Que tapis éclatants de soie et de velours,

Que jeux, ris et festins et que réjouissances,
Et que jeunes beautés, aux plus riches atours !

ALÉKO.

Eh ! qu'importent le bruit, l'allégresse des villes ?
Où l'amour est absent, de joie, il n'en est pas.
Sans perles ni colliers, toi, ces vierges futiles,
Tu les vaux au delà, rien que par tes appas.
Reste toujours la même, ô toi, qui m'es si chère !
Quant à moi, partager ton amour, tes loisirs ;
Te consacrer les jours d'un exil volontaire,
C'est à quoi seulement se bornent mes désirs,

LE VIEILLARD.

Tu nous aimes pourtant, quoique ayant pris naissance
Parmi des gens chez qui les mains sont pleines d'or.
Mais, pour qui mollement a vécu dès l'enfance,
La liberté n'est pas toujours un grand trésor.
On raconte chez nous une ancienne histoire
Qui dit que, par son roi chassé de son pays,
Un homme du Midi (j'ai perdu la mémoire
De son étrange nom) vint parmi nous jadis.
Il était déjà vieux, sous le rapport de l'âge,
Mais jeune et plein de vie en fait de sentiments :

Il avait eu des chants l'art divin en partage ;
Sa voix de l'onde avait les suaves accents.
Tout le monde l'aimait et d'amitié sincère ;
Des rives du Danube il faisait son séjour ;
Jamais envers quelqu'un sa voix ne fut amère,
Mais de récits charmait tous les gens d'alentour.
La chose la plus simple il ne pouvait l'entendre ;
Etait, comme un enfant, craintif, faible à l'excès.
Pour lui, quoique étranger, l'habitant allait tendre
Au gibier, au poisson ses lacs et ses filets.
Quand sur les eaux du fleuve agissait la gelée,
Et que du froid hiver mugissaient les autans,
Sous d'épaisses toisons, les gens de la vallée
De l'homme vénérable abritaient les vieux ans.
Mais cette destinée, et pauvre et misérable,
C'était à contre-cœur, lui, qu'il la subissait.
Il errait pâle et maigre, aux fantômes semblable,
Disant que pour un crime un dieu le punissait.
Ce dieu, c'était son roi, dont enfin la clémence
Le devait, pensait-il, arracher de ces lieux ;
Et songeant au pays, berceau de son enfance,
Des pleurs amers coulaient tristement de ses yeux.
Puis, à son lit de mort, sa volonté suprême,
Etait qu'on transportât sous son climat léger

Sa cendre inconsolable, après le trépas même,
De rester en exil l'hôte de l'étranger.

ALÉKO.

Voilà donc de tes fils le sort, superbe Rome,
Empire qui jadis fis tant parler de toi!
O chantre de l'amour et des dieux, ce qu'on nomme
La gloire, qu'est-ce donc, qu'est-ce donc, dis-le-moi?
C'est la voix des tombeaux ou de la renommée,
C'est un son d'âge en âge allant toujours redit;
C'est du bohémien, sous sa tente enfumée,
Quelquefois même encor l'insipide récit.

Deux ans se sont passés. Les bohémiens errent
De même qu'autrefois en foule, mais sans bruit;
Pour camper quel que soit le pays qu'ils préfèrent,
Même accueil les attend et même paix les suit.
De l'éducation méprisant les entraves,
Tout comme eux Aléko goûte la liberté;
Sans regret, à l'abri des soins, des soucis graves,
Il coule en vagabond des jours pleins de gaîté.
En lui, dans la famille, aucune différence;

Loin de son souvenir sont les jours d'autrefois.
De ces bohémiens adoptant l'existence,
Il en a tout à fait pris les mœurs et les lois.
A ses yeux, leur bivac est un charmant asile ;
Leur oisive existence a maints charmes pour lui ;
Leur langage à la fois et sonore et facile
Est celui qu'à tout autre il préfère aujourd'hui.
L'ours velu, des forêts transporté sous la tente,
En ce moment parcourt villes, villages, champs,
Ferme moldo-valaque ; et la foule prudente,
Bien vite autour de lui de desserrer ses rangs.
L'animal lourdement décrit un pas de danse,
Et ronge, en grommelant, sa chaîne au joug pesant.
Son bâton pour appui, le vieillard, en cadence
Bat son tambour de basque assez nonchalamment.
En chantant, Aléko guide l'ours sanguinaire ;
Zemphire fait le tour du cercle villageois,
Rassemblant de chacun le tribut volontaire.
Puis, quand le soir arrive, ils font cuire tous trois
Le millet moissonné non par eux, avec peine.
Déjà s'est endormi le vieillard : il est nuit ;
Le plus grand calme règne au milieu de la plaine ;
Sous la tente il fait sombre, on n'entend aucun bruit.

Le vieillard aux rayons de la lampe éternelle
Rappelle la chaleur dans son corps languissant ;
Près d'un berceau sa fille à l'amour entonne, elle,
Un chant tel qu'Aléko l'écoute en pâlissant.

ZEMPHIRE.

Vieux époux, vieux époux sévère,
Allons ! coupe-moi, brûle-moi !
J'attends, riant de ta colère,
Et glaive et bûcher sans effroi.

A toi ma plus ardente haine,
A toi mon mépris sans retour !
Sous ses lois un autre m'enchaîne,
Et je me meurs pour lui d'amour.

ALÉKO.

Assez ! tais-toi ; ce chant hors de moi me transporte :
Je ne trouve aucun charme aux sauvages accents.

ZEMPHIRE.

Aucun charme ! vraiment ? Mais cela peu m'importe ;
C'est pour moi que je chante, après tout ; tu m'entends ?

Vite le fer, vite la flamme !

Non, de moi tu ne sauras rien ;
Va ! vieux époux, tyran infâme,
Cherche après son nom, cherche bien !

En fraîcheur le printemps lui cède,
En ardeur lui cède l'été ;
Comme il est jeune, et qu'il possède
D'amour, d'audace et de gaîté !

Combien de gages de tendresse
De moi, dans la nuit, il reçut !
Et que risible la vieillesse
Sous tes cheveux gris nous parut !

ALÉKO.

Assez, Zemphire, assez ! tu finiras, j'espère !

ZEMPHIRE.

Tu l'as donc bien compris, le sens de ma chanson ?

ALÉKO.

Zemphire !...

ZEMPHIRE.

Libre à toi de te mettre en colère :
C'est pour toi que ma voix chante de la façon.

(Elle sort en chantant : Vieux époux, etc.)

LE VIEILLARD.

Cela, je m'en souviens, c'est une chansonnette,
Dont les couplets et l'air sont, tous deux, de mon temps.
De même qu'autrefois, du monde l'amusette,
Elle est encor partout dans la bouche des gens.
Lorsque nous parcourions les plaines du Cagoule,
Pendant les nuits d'hiver souvent il arrivait
Qu'en berçant son enfant, ma femme Marioule,
Elle aussi, près du feu, devant moi la chantait.
Mes anciens souvenirs sont, d'année en année,
Avec l'âge, il est vrai, devenus plus confus;
Mais, elle, en mon cerveau s'est tant enracinée,
Cette vieille chanson, qu'elle n'en sortit plus.

Tout est calme; il fait nuit; et la lune qui brille
Embellit du midi le bleuâtre horizon.
Le repos du vieillard est troublé par sa fille :
« Mon père, dit Zemphire, Aléko, qu'a-t-il donc?
Ecoute, l'entends-tu, dans son sommeil pénible,
Comme il pleure et gémit? c'est incompréhensible! »

LE VIEILLARD.

Ne va pas le toucher; et surtout, point de bruit.
Une tradition, chez les Russes, déclare
Que, de chaque dormeur, à l'heure de minuit,
Lutin de la maison, un sombre esprit s'empare;
L'aurore apparaît-elle, il s'enfuit à l'instant.
Assieds-toi près de moi, Zemphire, en attendant.

ZEMPHIRE.

Il murmure mon nom entre ses dents, mon père!

LE VIEILLARD.

Vers toi, même en sommeil, son esprit fait retour;
A l'univers entier Aléko te préfère.

ZEMPHIRE.

Chez moi l'indifférence a remplacé l'amour,
Je m'ennuie, et le cœur aime l'indépendance;
Déjà je... mais silence, ô père, tu l'entends?
Au mien un autre nom succède en sa démence.

LE VIEILLARD.

Et quel nom?

ZEMPHIRE.

Entends-tu ces sourds gémissements?
Comme il grince des dents! Ah! c'est épouvantable!
Je vais le réveiller.

LE VIEILLARD.

Mais, à quoi bon cela?
Ne chasse pas des nuits le démon redoutable;
Il sortira lui-même.

ZEMPHIRE.

Il se tourne et voilà
Qu'il se dresse et m'appelle; en esclave soumise,
Je me hâte vers lui. Bonne nuit, rendors-toi!

ALÉKO.

Mais où donc étais-tu?

ZEMPHIRE.

Près de mon père assise.
Certain esprit malin t'a tenu sous sa loi;
Dans le sommeil ton âme, en proie à la torture,
A bien souffert. De toi j'eus peur horriblement :
On entendait tes dents grincer outre mesure;

Tu m'appelas enfin.

ALÉKO.

Je t'ai vue en dormant.
En rêve il me semblait qu'entre nous deux un homme...
Je n'ai fait qu'être en proie à des songes affreux.

ZEMPHIRE.

Ne va pas croire au moins aux mensonges du somme.

ALÉKO.

Moi! crédule à ce point! Je ne suis point de ceux
Pour qui rêve ou promesse est objet de croyance.
Va! je ne crois à rien et pas même à ton cœur.

LE VIEILLARD.

Jeune homme, d'où te vient cette sombre démence?
Pour soupirer ainsi, quel est donc ton malheur?
Ici chacun est libre, et le ciel, sans nuage;
Les femmes ont ici de séduisants appas.
Point de pleurs! la douleur, ce serait ton naufrage.

ALÉKO.

O mon père, ô mon père, elle ne m'aime pas!

LE VIEILLARD.

Ami, console-toi ; c'est une enfant encore.
Tu t'abandonnes trop au découragement ;
Ton amour est un feu qui torture et dévore ;
Mais la femme toujours plaisante, elle, en aimant.
Porte en haut tes regards : sous la voûte éthérée
La lune plane au loin en toute liberté ;
Dans sa course rapide à travers l'empyrée,
En tous lieux elle verse une égale clarté.
Son orbe avec amour a fait choix d'un nuage,
Qu'il éclaire, à l'instant, de ses plus doux reflets ;
Et déjà vers un autre elle tend, la volage ;
Le visite un moment, puis, le quitte à jamais.
Qui, dans le ciel marquant sa place à la rebelle,
Oserait bien lui dire : O lune, arrête ici !
Au cœur d'une beauté qui donc dirait aussi :
Ne nourris qu'un amour, n'y sois point infidèle.
Ainsi console-toi !

ALÉKO.

Pourtant, qu'elle m'aimait !
Vers moi qu'elle inclinait son front avec tendresse !
Comme le temps, la nuit, près d'elle, s'envolait !

2

Dans sa gaîté d'enfant combien de gentillesse !

Que de fois, au milieu de baisers enivrants,

Par des mots murmurés avec câlinerie,

Par ses charmes toujours rendus plus séduisants,

Elle sut loin de moi chasser la rêverie !

Et la voici rêvant à l'infidélité !

Et la voici pour moi d'une froideur extrême !

LE VIEILLARD.

Je ne t'ai pas encor jusqu'ici raconté

Une chose qui m'est arrivée à moi-même.

C'était anciennement, quand le Danube encor

N'avait pas à trembler devant le Moscovite.

(Quel triste souvenir ! ma mémoire, à l'essor,

Tu le vois, Aléko, du passé ressuscite.)

Nous gémissions alors sous le joug du sultan.

Un pacha, serviteur de cette tyrannie,

Du haut des fières tours dominant Akkerman,

Gouvernait des Budziaks la riche colonie.

J'étais tout jeune encore, et je sentais mon cœur

Dans ma poitrine en feu bondir avec ivresse ;

Aucun de mes cheveux n'avait cette blancheur

Qu'ils prennent quand survient l'âge de la vieillesse.

Parmi le jeune essaim de riantes beautés,

L'une d'elles... longtemps dans ses regards de flamme
J'adorais du soleil les splendides clartés;
Un jour pourtant enfin elle devint ma femme.
Mais, ma jeunesse, hélas! bientôt eut disparu,
Ainsi qu'au firmament une étoile qui file.
Et toi, temps des amours, qu'es-tu donc devenu?
A t'éloigner tu fus encore plus agile.
A peine étaient formés nos amoureux liens,
Qu'au bout d'un an déjà les rompait Marioule.
Il advenait, qu'un jour, d'autres bohémiens,
Avec nous arrivaient sur les bords du Cagoule.
Près des nôtres dressant leur tente au pied d'un mont,
Ils ne font avec nous, deux nuits, qu'une famille;
Et puis, à la troisième en silence s'en vont;
Marioule les suit, abandonnant sa fille.
Tranquille je dormis jusqu'au lever du jour :
Quand je me réveillai, pour moi plus de compagne;
Je la cherche, et demande aux échos d'alentour;
Partout à son sujet muette est la campagne.
Zemphire après sa mère abondamment pleurait;
Moi je pleurais aussi. Depuis cette aventure
Toute femme paraît, à mes yeux, sans attrait;
Et d'aucune je n'ai jamais, je te le jure,
Cherché par mes regards à conquérir l'amour;

, Mes loisirs, depuis lors, nulle ne les partage.

ALÉKO.

Mais comment se fait-il, qu'en ce funeste jour,
Mon père, tu n'as pas poursuivi la volage?
Comment, de l'infidèle et de son ravisseur,
Ton poignard n'est-il pas allé trouver le cœur?

. LE VIEILLARD.

A quoi bon? Je savais la fougueuse jeunesse,
Plus libre que l'oiseau. Qui peut dompter l'amour?
A chacun à son tour échoit sa part d'ivresse.
Ce qui fut une fois s'enfuit et sans retour.

ALÉKO.

Je suis tout autre, moi. Jamais, sans résistance,
Au moindre de mes droits je ne renoncerais;
Ou, ce ne serait pas, tout au moins, sans vengeance.
Quand dans le fond des mers je le rencontrerais
Dormant, mon ennemi, crois-moi, je te le jure,
Mon pied même en ces lieux ne l'épargnerait pas;
J'aurais raison de lui, raison de son injure;
Sans pâlir sous les flots affrontant le trépas,
Je le frapperais là, seul en proie à ma rage;

Sa soudaine terreur, au moment du réveil,
La lui reprocherais avec un ris sauvage;
Sa chute me serait longtemps, sous le soleil,
Un sujet d'ironie, un bonheur sans pareil.

UN JEUNE BOHÉMIEN.

Oh! plus rien qu'un baiser! un seul baiser encore!

ZEMPHIRE.

Il est temps : mon époux est jaloux et méchant.

LE BOHÉMIEN.

Pour les adieux, rien qu'un; mais plus long, plus sonore!

ZEMPHIRE.

Il va venir ici; séparons-nous avant!

LE BOHÉMIEN.

Mais, où donc? à quand donc la prochaine entrevue?

ZEMPHIRE.

Au revers de ce mont, près du tombeau là-bas,
Ce soir même, la lune à peine disparue...

2.

LE BOHÉMIEN.

Elle m'abuse ; non, elle ne viendra pas.

ZEMPHIRE.

Le voici. — Je viendrai ; fuis vite, ô toi que j'aime !

———◆———

A maintes visions d'incohérence extrême
En proie, Aléko dort sous son modeste abri.
Il s'éveille dans l'ombre, en jetant un grand cri ;
Sort précipitamment une main de sa couche ;
L'étend ; mais cette main, ô surprise ! ne touche
Rien qu'un tapis de lit, qui lui paraît tout froid.
Hélas ! sa bien-aimée est loin de cet endroit.
Tremblant, il se soulève ; inquiet, tend l'oreille :
Tout est calme. La crainte en son âme s'éveille ;
Il sent dans tout son corps le frisson se glisser,
Se lève, et de sa tente est prompt à s'élancer.
Il rôde en furieux de charrette en charrette :
Tout est dans le repos ; la campagne est muette.
Il fait sombre ; la lune a fui dans les brouillards,
Les étoiles n'ont plus que des reflets blafards.
A travers la rosée, on aperçoit à peine

Un sentier qui conduit vers un mont dans la plaine.
D'un pas impatient, Aléko va tout droit,
Guidé par ce sentier, vers le fatal endroit.
Sur le bord du chemin, au loin dans l'étendue,
D'un tombeau la blancheur frappe soudain sa vue.
De ce côté ses pieds, sous leur poids défaillants,
L'entraînent, tourmenté de noirs pressentiments.
Un tremblement nerveux agite tout son être !
Il s'avance... soudain... c'est un rêve peut-être !
Deux ombres devant lui ne sont qu'à quelques pas;
Près de lui certains mots sont prononcés tout bas,
Profanant de la mort une sainte demeure.

UNE VOIX.

Il est temps.

UNE AUTRE VOIX.

Un moment !

PREMIÈRE VOIX.

Ami, pars; il est l'heure.

SECONDE VOIX.

Non, pas encore; reste; attendons jusqu'au jour.

PREMIÈRE VOIX.

Il est tard.

SECONDE VOIX.

Oh ! combien timide est ton amour !
Attends !

ZEMPHIRE.

Tu me perdras à force d'imprudence.

SECONDE VOIX.

Une minute encor !

PREMIÈRE VOIX.

Si pendant mon absence
Mon mari s'éveillait...

ALÉKO.

Je ne dors plus, vraiment.
Où courez-vous tous deux ? ne vous hâtez pas tant ;
Un tombeau, c'est pour vous la place la meilleure.

ZEMPHIRE.

Fuis d'ici, mon ami ! fuis bien vite !

ALÉKO.

Demeure!

Jeune homme intéressant, où portes-tu tes pas?
Meurs! (Il le poignarde.)

ZEMPHIRE.

Aléko!

LE BOHÉMIEN.

J'expire!

ZEMPHIRE.

Oh! Dieu! tu le tûras!
Vois donc partout sur toi du sang la tache rose.
Malheureux, qu'as-tu fait?

ALÉKO.

Qui? moi? mais... peu de chose.
Maintenant, à ton aise enivre-toi d'amour.

ZEMPHIRE.

C'en est trop; sous tes coups que je tombe à mon tour!
Je ris de ta colère et je maudis ton crime.

ALÉKO.

Meurs donc aussi! (Il la poignarde.)

ZEMPHIRE.

Je meurs, amoureuse victime.

—◆—

L'orient resplendit des clartés du matin.
Aléko cependant derrière la colline,
Tout dégouttant de sang, son poignard à la main,
S'est assis sur le bord de la tombe voisine.
Deux cadavres sanglants sont gisants à ses piés.
De l'assassin étrange, horrible est le visage.
Tous les bohémiens, d'effroi terrifiés,
Forment à ses côtés un muet entourage.
Une fosse à l'écart commence à se creuser ;
Les femmes vont, selon le rite funéraire,
Sur les yeux des défunts déposer un baiser,
Tandis que le vieillard est assis solitaire.
Ce dernier sur la morte attache un long regard,
Et paraît abîmé dans sa douleur muette.
Les cadavres, bientôt, emportés à l'écart,
Sont déposés, tous deux, dans leur froide retraite.
Le meurtrier de loin a tout suivi des yeux.
La fosse enfin est comble, et déjà l'assistance,
A jeté de la main le sable des adieux.

Cependant Aléko garde un profond silence.

Mais soudain, on le voit s'affaisser lentement,

Ensuite du tombeau se laisser choir dans l'herbe.

Alors, auprès de lui le vieillard s'avançant :

« Eloigne-toi de nous, dit-il, homme superbe!

Sauvages sont nos mœurs ; nous n'avons pas de lois ;

Nous ne torturons point, n'exécutons personne ;

Chez nous, de sang, de pleurs, nul besoin ; toutefois

Fuir loin d'un assassin, le devoir nous l'ordonne.

Notre sauvage état n'était pas fait pour toi.

Tu veux la liberté pour toi, non pour les autres ;

Ta voix, à l'avenir, nous remplirait d'effroi :

Craintif et bon de cœur, tel est chacun des nôtres ;

Toi, tu n'es que méchant, hardi. Donc quitte-nous.

Adieu! va, que la paix en tous lieux t'accompagne! »

Il dit ; avec grand bruit les bohémiens, tous,

S'apprêtent à quitter la funeste campagne.

Et voici que bientôt la caravane au loin

Disparaît au travers de la plaine déserte.

Il ne reste en ce lieu, de tant d'horreurs témoin,

Qu'une charrette à peine à demi recouverte.

C'est ainsi, que parfois, avant l'hiver encor,

—Quand, par l'épais brouillard d'une aurore assombrie,

Un essaim attardé de gruons, à l'essor,

Pour le midi délaisse à grands cris la prairie, —
Soudain, d'un plomb cruel l'un d'entre eux transpercé,
En ce lieu reste seul tristement délaissé,
Traînant péniblement sa pauvre aile meurtrie.
Mais la nuit est venue, et dans l'obscurité,
Auprès de la charrette aucun feu ne s'allume;
Et sous ce toit ailleurs sans cesse transporté,
Nul ne goûte la nuit le repos de coutume.

ÉPILOGUE.

Sous les charmes puissants que possède la lyre,
Ainsi, dans ma mémoire, aux souvenirs confus,
Viennent, en s'animant, reprendre leur empire
Les jours bons ou mauvais, qui déjà ne sont plus.
Il est une contrée où, bien longtemps, la guerre
Ne cessa d'élever sa formidable voix;
Où le monarque russe indiqua sur la terre,
A Stamboul, des confins, imposés plus étroits;
Où, par d'anciens exploits, notre aigle à double tête,
Aujourd'hui même impose, ainsi que la tempête.
C'est là, qu'à mes regards, dans les landes s'offrit,
Vers l'ancien tracé des confins militaires.

Le spectacle soudain des voitures vulgaires
Du bohémien, libre et de cœur et d'esprit.

Mais, même parmi vous, de bonheur il n'est guère,
Enfants de la nature et de la liberté !
Sous la tente où se lit votre extrême misère,
De rêves effrayants l'esprit est agité.
Jusque dans le bivac, votre existence errante,
Au milieu des déserts est en butte au malheur.
Partout les passions font sentir leur tourmente ;
Contre les coups du sort point d'abri protecteur.

LA VOILE

Comme un point blanc, on voit sur la mer azurée,
Au travers de la brume une voile flotter.
Que cherche-t-elle au loin, cette pauvre égarée ?
Qu'a-t-elle en son pays, qu'a-t-elle dû quitter ?

Autour, le flot se joue et l'aquilon murmure,
Et le mât se balance avec un bruit strident.
Ce n'est pas au bonheur que tend cette voilure,
Ni loin de bords heureux que la chasse le vent.

L'onde en sillons d'azur scintille au-dessous d'elle ;
Au-dessus, le soleil verse ses feux par flots.
Ce qu'elle cherche, c'est la tempête cruelle,
Comme si dans son sein se trouvait le repos.

LE VAISSEAU FANTASTIQUE

Sur les vagues d'azur du superbe Océan,
Alors qu'à peine au ciel scintillent les étoiles,
Seul, un vaisseau soudain prend son rapide élan,
Fend la plaine liquide et vole à pleines voiles.

Au sommet de ses mâts non courbés par les vents,
On n'entend point du tout bruire de girouettes ;
Les canons, au travers de ses sabords béants,
Sont autant d'yeux éteints et de bouches muettes.

Rien ne révèle ici la présence d'un chef,
Nulle trace non plus, là, du moindre équipage ;
Les rochers, les écueils, la singulière nef
N'en a point de souci, non plus que de l'orage.

Et sur cet Océan une île sort de l'eau,
Dont le sol de granit est inculte et morose ;
Dans cette île déserte apparaît un tombeau,
C'est là que pour jamais un empereur repose.

Il repose, privé d'honneurs dus au guerrier,
Au sable confié par des mains ennemies ;
Une pierre est sur lui, de peur que l'homme altier
Ne vienne à secouer ses cendres endormies.

A cet instant fatal, où le frappa le sort,
A minuit, quand le temps d'un an augmente l'ère,
Sur le bord du rivage, arrivant sans effort,
La merveilleuse nef en silence prend terre.

Aussitôt l'empereur du fond de son tombeau
Se réveille ; et soudain, on le voit apparaître.
C'est bien lui Bonaparte : à son petit chapeau,
A sa capote grise on le peut reconnaître.

Tenant toujours croisés ses bras faits pour l'exploit,
Et la tête en avant tombant sur sa poitrine,
Il s'avance, et tout près du gouvernail s'assoit :
Puis rapide bientôt vers son but s'achemine.

Et ce but, c'est la France encor chère à son cœur,
La France où le rappelle et sa gloire et son trône,
Où le rappelle aussi son fils, son successeur,
Et cette vieille garde, aux ordres de Cambronne.

Aussitôt qu'à ses yeux le sol de la patrie
Apparaît au travers des ombres de la nuit,
De son cœur palpitant s'enfuit la rêverie,
Et son regard en feu comme un éclair reluit.

Mais voici qu'à la hâte et tout droit vers la terre
Il s'avance intrépide, et, d'un ton solennel,
Convoque à ses côtés ses compagnons de guerre,
Adresse aux maréchaux un fier et dur appel.

Mais de ses grenadiers, à la vieille moustache,
Beaucoup dorment aux bords de l'Elbe, aux flots bruyants;
La neige de Russie un bien grand nombre en cache,
De même que l'Egypte en ses sables brûlants.

Et pour ses maréchaux sa voix reste muette;
Car les uns sont tombés au milieu des combats ;
Les autres l'ont trahi pour garder l'épaulette,
Et vendu leur épée, ainsi que leurs soldats.

Et du pied l'empereur frappe soudain la terre;
Puis, d'un air furieux allant et revenant,
Sur la plage, partout silencieuse, il erre,
Répétant son appel avec un rude accent.

Puis, à son fils chéri de rechef il s'adresse ;
Contre les coups du sort l'invoque comme appui ;
De la moitié du monde il lui fait la promesse,
Ne se réservant rien que la France pour lui.

Mais, tout plein d'avenir et dans la fleur de l'âge,
S'est éteint pour toujours son fils, son héritier ;
Bien longtemps à l'attendre il reste sur la plage,
Y reste, mais en vain, seul, l'empereur altier.

De son sein par moments un lourd soupir s'élance,
Jusqu'à l'heure où le ciel s'éclaire à l'Orient.
Les pleurs les plus amers découlent en silence,
Sur la grève, des yeux de ce grand patient.

Puis soudain, se tournant vers son vaisseau magique,
S'y dirige la tête en avant sur son sein ;
A l'espoir, de la main, fait un adieu stoïque,
Puis enfin de son île il reprend le chemin.

DEUXIÈME PARTIE

LUI ET ELLE

ou

LE POËTE ET LA POÉSIE

POEME

Eh ! depuis quand un livre est-il donc autre chose
Que le rêve d'un jour qu'on écoute un instant ;
Un oiseau qui gazouille et s'envole, une rose
Qu'on respire et qu'on jette, et qui meurt en tombant ;
Un ami qu'on aborde, avec lequel on cause,
Moitié lui répondant et moitié l'écoutant.

ALFRED DE MUSSET.

3.

« Quel est ce personnage au front triste et rêveur,
Dont la nuit peut passer pour l'emblème et la sœur ;
Qui, n'importe à quelle heure, en quels lieux on le trouve,
Semble un reste de feu, qui sous la cendre couve ;
Ou mieux, un automate, ainsi que Vaucanson
En composait doués de mouvement, de son ?
Son aspect fait rêver à ces bustes de pierre,
Bons, tout au plus, à mettre au fond d'un cimetière.
Hibou d'un nouveau genre, il dort en plein soleil,
Et, par contre, la nuit, est toujours en éveil.
Je serais curieux d'apprendre son histoire ;
Elle doit, à coup sûr, être étrange et bien noire. »
Ainsi dans un salon parlait un jouvenceau
Le lion à la mode, ou mieux, le lionceau,
(Ce dernier mot se peut à double sens entendre :
Lionceau, sot lion, sont souvent, à tout prendre,

Même chose, sinon tout à fait mêmes mots.)
Quoi qu'il en soit, disons que ce hardi propos
Se tenait au sujet d'un quidam de passage,
Par hasard introduit dans cet aréopage.
En un coin, à l'écart, blotti silencieux,
Notre homme avait tout l'air d'interroger les cieux.
Plongé dans une vague et morne rêverie,
Il ressortait du fond de la tapisserie,
Comme un corps en relief gravé par le sculpteur.
Cependant, à l'entour du gaillard discoureur,
Formant comme un essaim de frelons et d'abeilles,
L'assemblée attendait, sans voix et tout oreilles,
La réponse à l'endroit de notre original,
Qui, partant au moment de son procès-verbal,
Laissait plus libre ainsi le champ à la censure.
« Le voilà donc parti, l'oiseau de triste augure !
Poursuivit l'orateur du lecteur bien connu.
De quelle région nous est-il donc venu?
Sur cet homme fantasque, entouré de mystère,
Marquise, à vous d'ouvrir votre avis la première. »
— « Selon moi, c'est, reprit la dame de grand ton,
Un hôte de Bicêtre ou bien de Charenton.
A moins qu'on n'aime à voir en lui l'un des cyniques,
Dont Diogène fut le type, aux temps antiques. »

— « On le prendrait plutôt, à son air de cafard,
Pour un pilier d'église, ou mieux pour un mouchard,
Répondit la voisine. En ce siècle où nous sommes,
Marquise, on ne sait plus ce que penser des hommes :
Ils voilent ce qu'ils sont d'un masque aussi trompeur,
Que le faux teint rosé d'Armance, votre sœur. »
— « Voilà bien, à mon sens, parler sans artifice,
Mais je me garderai d'ajouter, sans malice,
Osait faire observer d'un ton très-nasillard,
Un dandy d'autrefois, déjà presque vieillard.
Sauf vos respects, marquise, et vous aussi, Madame,
Contre vos aperçus souffrez que je réclame.
Sans doute, la satire a droit au franc parler ;
L'épigramme, elle aussi, peut bien parfois siffler ;
Mais il convient alors de parler, siffler juste :
D'imiter, en cela, ce corbeau par Auguste
Admis dans le palais, pour avoir, à propos,
Heureusement joué, par hasard, sur les mots.

Mais, pour en revenir au sujet de la thèse,
Je crois fausse surtout la dernière hypothèse.
On peut facilement singer le naturel,
La gaîté, le chagrin, l'essor spirituel
Il suffit d'un acteur même des moins habiles :

Ces rôles sont, en somme, ou plus ou moins faciles.
Il n'en est pas ainsi de l'étrange talent
D'ennuyer un chacun, soi-même en se taisant.
Un homme taciturne au degré de notre homme,
Mérite qu'on le plaigne et non pas qu'on l'assomme.
On prend en pitié le malheureux soldat
Trouvé mourant par terre, à la fin du combat.
A l'aspect de son corps tout couvert de blessures,
Nous éprouvons en nous de cuisantes tortures ;
Et nos yeux attristés se remplissent de pleurs :
Tant est grand le pouvoir qu'usurpe sur nos cœurs
Le tableau déchirant des douleurs corporelles.
Des souffrances pourtant, souvent, les plus cruelles,
Ne sont pas celles-ci; mais bien, ces autres maux,
Qui s'attaquent à l'âme, aux sentiments moraux.
Pour la plupart du temps, ici, point de remède.
En vain contre le sort le patient s'excède ;
Il lui faut tôt ou tard à la fin succomber.
En lui-même on le voit tout d'abord s'absorber ;
Puis, insensiblement comme un flambeau s'éteindre,
Sans qu'on l'ait entendu, même une fois, se plaindre.

Je parlais à l'instant du destin d'un soldat.
Je pourrais vous citer ces prisonniers d'Etat,

Que dépeignit si bien la plume d'Andryane ;
Et, son livre à la main, comme un fil d'Ariane,
Vous menant en esprit dans ce cachot affreux,
Où gémissaient jadis d'illustres malheureux,
Vous dire... » — « Vous tournez vraiment au dramaturge :
Au déluge ! ou, sinon, contre vous je m'insurge ! »
Répliquait un plaisant ; quand un autre faquin :
« Au déluge, dit-il, nous y touchons en plein.
Voyez plutôt, mon cher, dans ces yeux aux doux charmes,
Prêt à nous inonder, tout un torrent de larmes. »
— « A l'ordre les bavards ! Poursuivez, orateur ! »
S'exclama vivement tout le beau sexe en chœur.
— « Oui, dit certain monsieur ; et soyez pathétique :
Du sombre, du terrible, en un mot du tragique !
Des dames de tout temps ce fut l'un des travers
De trouver du plaisir aux récits, prose ou vers,
Dans lesquels, à défaut d'intrigue ou de scandale,
De rubans ou de fleurs, à leurs yeux on étale
Le spectacle navrant de quelque affreux malheur.
Chez elles, dira-t-on, c'est l'effet d'un grand cœur
Que ce penchant vers tout ce qui fait vibrer l'âme,
Vers tout ce qui d'horreur, de pitié l'enflamme.
Je suis et trop civil et trop courtois, vraiment,
Pour porter sur ce fait un autre jugement.

Maintes gens, il est vrai, trop enclins à médire,
A ma place, oseraient peut-être ici vous dire,
Qu'un problème d'algèbre est souvent moins obscur
Que ce qu'on prend souvent pour un sentiment pur. »

—- « Fi ! Monsieur, dit alors une voix féminine ;
Vous avez donc aussi marché sur quelque épine.
C'est bien étrange au moins que les hommes, ce soir,
Possèdent tant d'esprit et de l'esprit si noir.
Serait-ce, par hasard, que notre homme problème,
Aurait, fils d'un lutin, ou bien, lutin lui-même,
En don reçu du ciel l'art des enchantements ;
Surtout, l'art de troubler la cervelle des gens ? »
— « Bravo ! fit un rieur ; voici que l'on s'anime :
La conversation tourne fort à l'escrime.
Et le plus curieux, tout ce bruit à propos
D'un quidam ignoré, qui n'a pas dit deux mots ;
Non sans raison, peut-être. Avec son air... si chose,
Il s'est sans doute dit : Assez sans moi l'on glose ;
Donc, parler est de trop et se taire, plus fin.
Du moins le fait est-il qu'il attend son devin. »
— « Mais non sa pythonisse, ajoutait une dame.
De l'énigme le mot, sans trépied, c'est Pyrame.
Rappelez-vous le sort de cet antique amant ;

Je gage qu'à notre homme il en advint autant :
Quelque Thisbé, sans doute, aura fui de sa vue ;
Il meurt de désespoir de sa déconvenue. »

— « Madame, vous traitez en riant l'un des points
Auxquels la médecine attache de grands soins,
Ripostait gravement un enfant d'Esculape.
Comme vous, je crois fort à quelque amour sous cape ;
Je le crois, et bien loin d'en rire, j'en frémis.
Car de notre santé les plus grands ennemis,
Quand on est jeune, sont bien moins la maladie,
Le froid ou bien le chaud, auxquels on remédie,
Que ces chagrins profonds, résultat d'un amour
Qui, trompé, détruit l'âme et le corps sans retour.
Croyez-en là-dessus ma vieille expérience :
Cet amour est un mal auquel notre science
S'empresse en vain d'offrir des secours superflus ;
Le patient se meurt, ou mieux, n'est déjà plus.
En rompant l'équilibre entre les sens et l'âme,
Il transforme la vie en un reste de flamme
Qui s'éteint tout à coup souvent avec fracas,
Au fond du vase à sec, qui, lui, vole en éclats.
D'ordinaire, il est vrai, le corps, vase solide,
Sans se briser pourtant du cœur subit le vide ;

Le sens intime en nous seulement est détruit :
Au lieu du feu, le froid, au lieu du jour, la nuit.
Et cependant le corps, misérable enveloppe,
Sans paraître altéré, vit et se développe ;
Mais, c'est à la façon du saule au tronc miné :
La vie est au dehors, le dedans, ruiné. »

— « C'est dit, reprit quelqu'un : notre homme à triste mine
Est un demi-cadavre, une humaine ruine,
Un martyr de l'amour ; enfin, ce qu'on voudra.
Mais c'en est bien assez sur ce chapitre-là.
Aussi bien, je ne sais, à propos d'infortune,
Ce qui peut empêcher de parler de la lune ;
D'argumenter au long sur sa pâle lueur ;
De la croire, elle aussi, blessée au fond du cœur,
De ce que le soleil, comme à dessein, sans doute,
Hâte le pas, de peur de la voir sur sa route. »

— « Le précédent bon mot à l'esprit fait honneur,
Reprit malignement un autre beau parleur.
Mais, s'il reste prouvé que l'on ne devait guère
S'attendre à voir soudain paraître en cette affaire
Ni la pâle Phœbé, ni le riant Phœbus,
Ni ces raisonnements ou plus ou moins rébus,

Il est aussi très-vrai que ce serait dommage
De n'avoir pas au moins le minime avantage,
Après et tant de bruit et de verbeux propos,
De connaître au moral notre fameux héros.
Isis avait jadis un voile impénétrable,
Protée également était insaisissable.
Mais, nous n'en sommes plus à ces temps nébuleux,
Où le mystère avait d'indissolubles nœuds.
Grâce au progrès humain, l'esprit ou la malice,
Au secret prend son voile, au faux son artifice ;
Et l'anneau de Gygès est à jamais perdu.
De nos jours, tout se sait ; on est trahi, vendu,
Bien avant qu'on le sache et même qu'on s'en doute.
Enfin, mon avis est qu'il faut, coûte que coûte,
Savoir incontinent ce qu'est notre rêveur,
Dussions-nous consacrer la nuit à ce labeur.
N'est-il pas vrai, Messieurs, n'est-il pas vrai, Mesdames? »
— « Oui, » fut-il répondu sur différentes gammes,
Mais d'un commun accord, d'une commune voix,
Par tous les assistants, moins pourtant deux ou trois,
Qui renvoyaient l'affaire au retour de l'automne.
Alors, prenant un ton de docteur en Sorbonne,
Certain ex-professeur, ami de l'inconnu :
« Puisque l'ordre... du soir, dit-il, est maintenu,

Je réclame le droit de prendre la parole ;

Et laissant de côté tout vain terme d'école,

Tout argument pompeux, tout froid raisonnement,

Je me contenterai, comme éclaircissement,

De lire seulement une certaine page

Qui vient d'un manuscrit de notre personnage. »

— « C'est donc quelque érudit, un famélique auteur

Qui croit *de l'art des vers atteindre la hauteur ;*

A moins que ce ne soit un faiseur de gazette, »

Dit d'un air de dédain une jeune coquette.

— « Vous allez en juger ; j'ai la pièce sur moi ;

Je commence, en faisant du silence une loi :

LAI A LA MUSE.

De même qu'autrefois sur les bords de l'Euphrate

L'Hébreu captif, hélas ! sur une terre ingrate,

Aux saules qui bordaient les rivages déserts

Suspendait sa cithare, et, sous le poids des fers,

S'abîmait tout entier dans sa douleur muette,

Tel, la lyre à ses pieds, de nos jours, le poëte

En silence subit le joug de l'univers.

Plus de ces chants pompeux, dont se parait la gloire,
Qui, des fameux héros consacrant la victoire,
Empêchaient à jamais les grands noms de périr,
Transmettaient leurs vertus, les faisaient refleurir ;
Et, pour rendre éternel ce qui trop tôt succombe,
Malgré la main du temps, en dépit de la tombe,
Perpétuaient l'exemple avec le souvenir !

Plus de ces doux accents de la harpe éolienne,
Livrant aux frais zéphyrs son âme aérienne ;
Ni de ces sons plaintifs, redits par les échos,
Comme autant de soupirs, de douloureux sanglots,
Échappés dans les bois du sein de Philomèle ;
Ou, de ces gais accords, sous la verte tonnelle
Mêlés, les jours de fête, à de joyeux propos !

Plus d'aspirations, de transports prophétiques,
S'élevant vers le ciel en sublimes cantiques,
En éloges pieux, dont la dévotion
Tressait une couronne à la religion !
Même pour Dieu la lyre est devenue avare
De l'encens prodigué par le monde barbare
A mille vains objets de superstition.

Un écrasant mépris pour tout ce qui dans l'âme
Survit encor d'éclairs et de céleste flamme,
Voilà l'esprit du siècle, ou mieux des derniers temps.
La poésie en deuil a suspendu ses chants.
On n'entend plus partout que le bronze qui tonne,
Le marteau qui pétrit, la vapeur qui bouillonne :
De notre âge de fer enfin les durs accents.

— « Hé bien ! que vous en semble? » ajouta le lecteur.
— « Que s'il est des gens gais, ce n'est pas ce rimeur,
Répondit la coquette, un peu plus haut citée.
Quel hypocondre, Dieu ! Son âme tourmentée,
Comme chez Jérémie a des accents plaintifs,
Rappelant les bémols parfois intempestifs,
Qu'arrachent au clavier telles, tels pianistes.
Comment peut-on oser faire des vers si tristes ?
Et d'aussi tristes vers ? Il est loin du rimeur,
Au poëte doué du souffle inspirateur.
Tandis que ce dernier au ciel transporte l'âme,
De nobles sentiments la nourrit et l'enflamme,
L'autre est un froid conteur, un rêveur ennuyeux,
Qui radote sur terre en croyant lire aux cieux.

— « Je vous trouve, ma chère, ici trop indulgente ;
Je suis en fait de vers bien plus intolérante ;
Tous indistinctement me donnent sur les nerfs,
Dit une péronnelle en prenant de grands airs.
Les vers ! fi ! quelle horreur ! Je ne sais rien de pire
Au sort d'être forcé d'en entendre ou d'en lire,
Sinon celui d'en faire. Aussi, j'en lis si peu,
Que toute poésie est pour moi de l'hébreu. »
— « A mes yeux c'est du grec, du turc, du chinois même. »
— « Aux miens c'est du sanscrit. » — « Aux rimeurs anathème ! »
— « Moi, je donne ma voix pour un auto-da-fé
De tout ce que la Muse a jamais enfanté. »

— « A merveille, Messieurs ! à merveille, Mesdames !
Il est vraiment heureux que le salut des âmes
N'ait rien à démêler avec le feu sacré,
Objectait plaisamment un monsieur fort lettré.
Autrement vous seriez exposés à la peine
D'aller un jour rôtir dans l'ardente géhenne.
Pour éviter l'enfer, vous n'en êtes pas moins,
Aux yeux de la raison, coupables néanmoins.
Refuser les honneurs dus à la poésie,
Nier sa mission, c'est presque une hérésie ;

C'est un crime odieux de lèse-humanité
Qui l'aima, de tout temps, assise à son côté. »

— « D'un prêche peu nouveau vous entendez l'exorde,
Interrompit quelqu'un. D'avance on vous accorde
Que les vers, vraiment tels, ont mille qualités,
Maints charmes, mille dons souvent et trop vantés.
Il n'est si mince adepte à qui le dieu lyrique
N'ait imposé le soin de son panégyrique.
Nous vous croyons, pour vous, exempt de ce tribut. »

— « Offrir un tel encens n'est mon fait, ni mon but,
Je l'avoue humblement, répond l'homme de lettres.
Du reste, alexandrins, de même qu'hexamètres,
Pentamètres, quatrains, vers plats ou vers croisés,
Ne sont tous, à mes yeux, que des mignons frisés.
Ce que j'admire en eux, c'est beaucoup moins la forme,
Que le génie heureux qui s'y fond et transforme,
Y brille d'un éclat auquel prête moins bien
La prose, ce langage un peu trop plébéien. »

— « Plébéien ! eh bien, soit ! ce plébéien langage
De tout temps fut celui du savant et du sage.
Aristote, Platon, Socrate l'ont parlé.

Quels torrents d'éloquence ont par lui découlé !
De ce langage armés, Cicéron, Démosthènes,
Ont longtemps gouverné, l'un Rome et l'autre Athènes.
Sans remonter si haut et sans aller si loin,
Voit-on le feu sacré faire au talent besoin
Chez Bossuet, Buffon, Fénelon, Labruyère,
Chateaubriand, de Staël, Bernardin de Saint-Pierre,
Chez tant d'autres encor de nos fameux auteurs,
Qui ne furent jamais, pourtant, que prosateurs ?
Leurs ouvrages, privés du mérite factice,
De faire becqueter, par un vain artifice,
Telle idée et telle autre, ensemble sans rapports,
N'en sont pas moins, pourtant, de précieux trésors. »

— « Allons ! Soyons sans fard et sans hypocrisie :
Vous détestez bien moins au fond la poésie,
Ses aspirations, ses élans, ses transports,
Que ses airs solennels, ses fastueux dehors.
Selon vous, ce n'est là qu'une affaire de mode,
Un code pour l'esprit inutile, incommode,
Dont il faut s'affranchir, en mettant à l'écart
Ce que la poésie a de lois en son art.
De l'essor au génie ! et pour ce, moins d'entraves ;
Aux rois de la pensée il sied mal d'être esclaves.

Direz-vous. Donc, la rime et le rhythme, à vos yeux,
Sont pour le moins gênants, sinon prétentieux.
C'est votre opinion. Or, voici ma réplique :
Aimez-vous, dites-moi, le chant et la musique ? »
— « Moi ? passionnément ; mais plus en amateur,
A vrai dire, pourtant, qu'en parfait connaisseur. »
— « Il suffit. Moi non plus, je ne suis point artiste ;
Et n'en soutiens pas moins que c'est chose bien triste,
En regard d'un concert vocal, instrumental,
Qu'une simple lecture, ou qu'un récit verbal.
Poésie est musique, et la prose, un langage.
A celle-là vont bien la couleur et l'image ;
C'e un chant cadencé, parlant en même temps,
Par l :e à l'esprit, au cœur par les accents.
De son ôté, la prose, austère et froid symbole,
N'est à bien prendre en soi que langage d'école,
S'adressant à l'esprit, mais au sentiment non.

Quoi qu'il en soit, il est des gens qui, dira-t-on,
Trouvent bien odieux le talent du poëte.
Selon eux, l'un et l'autre et l'art et l'interprète,
Pour les hommes sensés, sont du plus mauvais ton.
Bien plus sévère encor là-dessus est Platon.
Ce sage rejetait hors de sa république

Tous ceux en qui vibrait la fibre poétique,

Et, bien que les vouant au mépris des humains,

Ne laissait point, pourtant, de les nommer *divins*.

Etrange inconséquence, où l'altière sagesse

Fait à la vérité l'aveu de sa faiblesse !

Ces poëtes, traités de frivoles esprits,

De rêveurs, en tout temps de fantômes épris ;

Ces inspirés jugés, y compris même Homère,

Bien au-dessous cent fois du sophiste d'Abdère (1),

D'hommes vains, dangereux, par un sage accusés,

N'en sont pas moins, pourtant, par lui divinisés.

Ainsi, sur la raison qui se croit la plus forte,

Souvent le sentiment, à notre insu, l'emporte ;

Ainsi, le préjugé, ce père de l'erreur,

Trouve son maître enfin au fond de notre cœur.

La voix de la nature, on a beau s'en défendre,

Sait, qu'on le veuille ou non, à nous se faire entendre.

Soit qu'en ayant recours aux organes des sens

Elle fasse à nos yeux parler les élémens ;

Soit que, sous les dehors d'un autre caducée,

Elle apporte à l'esprit la céleste pensée ;

Sous maints aspects enfin, sous mille traits divers,

(1) C'est-à-dire Protagoras.

C'est elle qui nous parle, et surtout, dans les vers.
La passion y voit volontiers son image,
La raison en a fait bien souvent son langage;
De la religion les préceptes sacrés,
Y trouvent quelquefois aussi nouveaux attraits.

D'où vient donc, dira-t-on, pourtant que le poëte,
De cet art tout divin l'organe et l'interprète,
A partout, en tout temps, par ses maux retracé ·
Laocoon, luttant de serpents enlacé?
La gloire, dont la mort du poëte est suivie,
Est achetée au prix du bonheur de sa vie.
Qui dit poëte, dit martyr, souffre-douleur :
A lui pour tout partage et mépris et malheur.
Souvent, vrai paria, sans amis ni famille,
Sa plume est tout son bien, son chef-d'œuvre, sa fille,
Fille, comme Minerve, extraite d'un cerveau,
De l'auteur de ses jours, en naissant, le bourreau.
Chaque mot, en effet, à tout poëte coûte,
Ainsi qu'à Pellico, de son sang quelque goutte.
Car ce mot est souvent une larme du cœur,
Le cri du désespoir qu'arrache le malheur.
Le malheur! oui, voilà, je le dis et répète,
Toujours, en tout pays, le destin du poëte.

Il semble que la Muse ait d'en haut mission
De frapper ses élus de malédiction :

Ici, c'est en haillons, Le Tasse que dédaigne
Chaque érudit du temps, voire même Montaigne,
Qui, lui-même l'avoue, en est à n'y plus voir,
Non point par cécité, mais faute de bougeoir (1).
Ailleurs, voici Milton, aveugle par les livres,
Vendant son Paradis dix misérables livres ;
Camoëns, Cervantès que mine à l'hôpital,
La cruelle infortune encor plus que le mal.
Cet astrologue affreux, dont la misère est grande,
C'est Dryden vieillard ; cet autre par l'Irlande
Allant à pied, Spencer ; vient Malfilâtre enfin,
Que Gilbert à l'hospice assure mort de faim.

Je n'ai fait que lever à peine un coin du voile,
Et baisse le rideau ; car trop sombre est la toile.
Ce sujet me reporte en d'artistiques lieux.
Vers un certain musée (2). Arrêtons-y nos yeux.
Là, peint sur un plafond en traits d'un ton austère,

(1) « Non avendo candella per inscrivere suoi versi. »
(2) Musée dit de Charles X.

Se voit la cour, ou mieux, le ciel du vieil Homère.
Ce roi des mendiants, cet aveugle inspiré,
Dont le nom parvenu jusqu'à nous vénéré,
Prime, et pour tout jamais, au temple de mémoire,
Sur un beau trône d'or, piédestal de sa gloire,
Apparaît dès l'abord. Un bâton tout noueux
De sa main redescend entre ses pieds poudreux.
Par terre, à ses côtés sont, fruits de sa pensée,
Ses filles l'Iliade ainsi que l'Odyssée.
Debout en sa présence, et, comme fascinés,
Foule d'hommes sont là de couronnes ornés.
Tous rangés près de lui, digne d'être leur père,
Comme homme de génie, homme aussi de misère.
Semblent lui demander avec étonnement
Raison de tant de haine et de ressentiment. »

— « A deviner, pourtant, c'est chose assez facile ;
Il n'est pas, pour cela, besoin d'une Sibylle.
Le raisonnement seul suffit pour démontrer
Qu'ils ne devraient jamais au grand jour se montrer
Ces hommes, que partout on rencontre au contraire,
Désireux de charmer, occupés à déplaire ;
Qui, se posant sans cesse en redresseurs de torts,
Dons Quichottes moraux, dons qui choquent, recors,

Font arme, mais sans fruits, d'une vaine science,
Dont le premier défaut est d'être une démence.
Que sont donc, en effet, tous ces faiseurs de vers ?
Sinon des gens rimant à tort et à travers,
Et tiraillant un art, qui trop bien se conforme
Au vide d'une idée, où le fond c'est la forme,
Amusant notre esprit d'idéals arlequins ;
Enfin, faisant passer des liards pour sequins. »
— « Suspendez un instant ce feu d'artillerie,
Et laissez-y répondre un peu ma batterie.
Vous lancez, à mon sens, de monstrueux boulets,
Un peu trop à la hâte et contre trop d'objets.
De là vient que vos coups, la plupart inutiles,
Ne servent qu'à couvrir le sol de projectiles,
Qui font beaucoup de bruit, par contre, peu de mal.
Confusément épars vos produits d'arsenal,
Je veux, sans les compter, prenant de préférence
Les plus gros, les soumettre à la juste balance.

Vous l'accablez d'abord d'un souverain mépris
Ce poëte, à vos yeux, cauchemar des esprits.
C'est à tort, selon moi, souffrez que je le dise :
On ne se permet pas de railler, à l'église,
Le prêtre qui remplit de ses pieux accents

Les oreilles, l'esprit, le cœur des assistants;
On ne l'accuse pas d'un accès de folie,
Lorsque, dans le courant d'une sainte homélie,
Entraîné par son zèle, il flétrit de la voix
Les vices réprouvés du Seigneur et des lois.
Or, ne l'oublions pas, le poëte est un prêtre,
Sinon sacré, non moins respectable peut-être;
Prêtre, au nom de la voix qui l'inspire des cieux,
Prêtre, qui doit parfois nous dessiller les yeux,
Qui se rend infidèle au mandat de la Muse,
Quand, au lieu de toucher, d'instruire, il nous amuse;
Quand, lui, du faible né l'avocat, le support,
Se range lâchement du côté du plus fort;
Que, muet sur le bien, il célèbre le vice,
Ou laisse impunément triompher l'injustice.
Mais ce noble attribut d'éloquent défenseur,
Tous ces devoirs sacrés, qu'un poëte d'honneur
Ne saurait oublier sans se faire une injure,
Sans mentir à sa muse, ainsi qu'à la nature,
Vers lesquels il revient tôt ou tard, ne sont pas
De son art enchanteur les uniques appas.

Dans ce siècle fécond en tout genre de gloire,
La palme littéraire appartient à l'histoire.

Cette branche où Rollin fit pousser quelques fleurs,
Dont Saint-Simon tira d'assez belles primeurs,
Qui, languissant plus tard entre des mains serviles,
Vit ses bourgeons rester pendant vingt ans stériles,
Les Guizot, les Thierry, les Michelet, les Thiers
En ont extrait des fruits, où la lyre est d'un tiers,
Ou mieux, de moitié. » — « Comment ! la poésie?... »
— « Je puis sembler me mettre en frais de fantaisie :
Il n'en est rien pourtant. J'espère vous prouver,
Sans prétendre, en cela, certes, rien innover,
Que des temps écoulés le fidèle interprète,
Avant l'historien, c'est d'abord le poëte. »
— « Par ce raisonnement mes sens sont renversés. »
— « Remontons, un moment, le cours des temps passés.
Où donc anciennement voyons-nous mieux dépeintes
Des générations, depuis longtemps éteintes
Les mœurs, les passions? Où se trouve en un mot,
L'histoire de la vie? et quel est son falot?
Chez les Romains serait-ce ou Salluste ou Tacite?
Chez les Grecs, Hérodote?— Eh ! non ; c'est Héraclite,
C'est Tibulle et Properce, et d'autres que je tais :
Tous poëtes, pourtant, narrateurs non moins vrais;
D'autant plus vrais plutôt, conviendrait-il de dire :
Car les faits dans leurs vers viennent se reproduire

De la même façon, qu'en certain appareil,
Se grave sur l'iode une image au soleil.
Les détails échappés au soin de l'annaliste,
Comme ailleurs, mille traits au pinceau de l'artiste,
Sont là tous en relief fidèlement tracés ;
Un par un, jour par jour à leur endroit placés.
Beaucoup moins de son art que du vrai l'humble esclave,
Dans ses vers saisissants ce qu'un poëte enclave,
Ce sont ses sentiments et ses impressions :
Reflets, ou, si l'on veut, échos des nations.

Des exemples, ici, vont confirmer mon dire :
Les premiers temps des Grecs, qui sut mieux les décrire,
D'Hérodote ou d'Homère? — A coup sûr, ce dernier.
L'un, comme historien, on ne peut le nier,
A, sous plus d'un rapport, des droits à nos hommages.
Toutefois, ses écrits sont bien loin des images,
Des portraits, des tableaux, qu'en mille traits divers,
Nous offre le second dans ses sublimes vers.
Chez l'un c'est un récit, chez l'autre une peinture,
Où prise sur le fait apparaît la nature,
Avec tous ses travers et ses côtés heureux,
Sous un jour à la fois lucide et merveilleux.
Qu'il dépeigne, en effet, dans les champs de Bellone

Ces héros, dont l'ardeur pour le pillage étonne ;.
Ou qu'il expose encor de ces rudes guerriers
Les voyages sur mer et les repas grossiers ;
Des mœurs comme des faits interprète fidèle,
Le vieil Homère est bien l'historien modèle,
Le type primitif de maint naïf conteur,
Que copia souvent depuis maint narrateur.
Des sources du Mélès, si pleines d'ambroisie,
Découle ainsi l'histoire avec la poésie.

Plus tard, en d'autres lieux, c'est le poëte encor,
Qui vient à l'annaliste entr'ouvrir un trésor.
La Rome impériale, ivre de ses conquêtes,
Ne rêve déjà plus que les jeux et les fêtes.
Dans les débordements du cœur et de l'esprit,
Le colosse romain de l'avenir se rit.
Il ne s'aperçoit pas que du haut de sa base
Il chancelle déjà sous son poids qui l'écrase.
Les Barbares partout se resserrent sur lui ;
A l'horizon enfin tout est sombre aujourd'hui.
En ces temps précurseurs d'une chute prochaine,
De Rome qui peint mieux l'existence mondaine?
Est-ce Salluste, ou bien Tite-Live encor? — Non.
A ces historiens j'en demande pardon,

Mais le galant Properce et le fou de Catulle,

Mais le trop libre Ovide et le sombre Tibulle,

Tout poëtes qu'ils sont, voilà les écrivains

Par qui sont mieux connus les désordres romains.

Sans eux, sans leurs écrits, quel intéressant drame,

Dont l'histoire aurait peine à démêler la trame!

Que de traits, de détails, d'utilité remplis,

Dans la nuit du passé seraient ensevelis,

Si, des faits de ce temps pour mieux unir la chaîne,

Pour en bien dévoiler la comédie humaine,

Ils n'avaient fustigé sans égard, dans leurs vers,

Des gens pervers d'alors les vices, les travers!

C'est grâce aux coups mordants de leur fouet satirique,

Qu'à nos yeux clairement se déroule et s'explique

Cette galante orgie, à laquelle mit fin

De barbares vainqueurs le formidable essaim.

Il ne fallait rien moins que leur fécond génie

Pour bien rendre raison de Rome à l'agonie.

Les virulents écrits de ces hardis penseurs

Sont autant de flambeaux, d'éclairs révélateurs,

A la lueur desquels, sans effort l'esprit passe,

Des désordres privés, que chacun nous retrace,

Au grand événement, événement fatal,

Qu'achèvent d'expliquer Horace et Juvénal.

En faisant leurs procès, en termes explicites,
A tout magicien, ainsi qu'aux parasites,
En nous représentant ces nombreux corrupteurs,
Ces prêtres d'Orient et ces vils délateurs,
Horace et Juvénal, armés de la satire,
Les posent sous nos yeux en fléaux de l'empire.
A ces maux du dedans plus qu'aux coups du dehors
On s'attend à le voir succomber ce grand corps ;
Sa chute est pressentie et même devinée :
Les poëtes en ont prédit la destinée.

On la constate encore, ailleurs, beaucoup plus tard
Chez le Dante, Arioste, ainsi que chez Ronsard,
Cette part que la lyre eut toujours à l'histoire.
Par qui revit, pour nous, si frais en la mémoire,
Ce naïf moyen âge avec ses hautes tours,
Ses féodales lois, ses suaves amours ?
Quels sont donc les hérauts des faits chevaleresques ?
Qui peint la Renaissance et ses traits romanesques ?
Le siècle du grand roi, d'Arouet, d'aujourd'hui,
Qui les reproduit mieux ?—C'est lui, c'est toujours lui,
Le poëte. Ses vers, comme un autre mirage,
Des temps comme des lieux sont une vive image ;

5

Chaque âge, tour à tour, s'y montre reflété,
Sous des dehors charmants et pleins de vérité.

Ainsi, la poésie aux yeux de la logique,
Ce n'est pas seulement harmonie et musique ;
Ou bien, comme on l'a dit et répété souvent,
Du monde à son berceau le premier rudiment.
C'est de l'humanité partout, comme à tout âge,
Le vrai critérium, ainsi que le langage.
Selon les lois, les mœurs et les événements,
Sa voix prend tour à tour mille tons différents :
A l'aurore du monde elle est simple et conteuse;
Chez les peuples pasteurs on la voit amoureuse;
Elle devient épique avec les conquérants.
De la théocratie empruntant les élans,
Elle est dans la Judée, en Egypte mystique,
Sententieuse, enfin, lyrique et prophétique.
Plus tard, accompagnant pas à pas le progrès
Dans son essor heureux, comme dans ses excès,
Elle est philosophique ou perverse à Florence,
A Rome, aux jours de gloire, et, de grandeur, en France.
L'horizon social vient-il à s'assombrir,
Et le sol politique en gouffre à s'entr'ouvrir,

C'est la fille du peuple, ou plutôt, la bacchante,
Hurlante, échevelée au sein de la tourmente.
Viennent la décadence et ses abaissements,
Ce sont des cris de deuil qu'elle exhale en ses chants;
A l'heure du réveil, aux temps de renaissance,
C'est la vierge timide ou la nymphe en démence.
La poésie, enfin, sous ces différents traits,
N'a pas que de pompeux et séduisants attraits.
C'est l'éternel écho, la langue souveraine;
C'est l'immense concert de la vallée humaine,
Avec ses chants de joie et ses profonds sanglots.
Mais, soit clameur des vents, ou murmure des flots,
Soit charmante Sirène ou terrible Euménide,
La Muse est, en histoire, un éclaireur, un guide,
Un ardent pionnier, arrachant de l'oubli,
Un par un, les trésors d'un autre Pompéi. »

— A ce dernier propos finit la conférence.
Il était temps d'ailleurs; car, parmi l'assistance,
Plus d'un se préparait à dire avec éclat
Ce qu'à part soi, chacun dira de ce débat.

TROISIÈME PARTIE

MÉLANGES

Lecteur, ces petits vers ne sont pas tout eau rose ;
Ils sentent quelque peu le moisi du cercueil.
Si l'abord vous effraie, arrêtez-vous au seuil ;
Mettons qu'il vaut mieux rire et parler d'autre chose.

JOSÉPHIN SOULARY.

SUR LE NAUFRAGE DE *LA COLCHIDE*

VAPEUR RUSSE

SOMBRÉ DANS LA MER DE MARMARA

Par un autre vapeur dans la nuit sombre heurtée,
Ta carène, ô *Colchide*, ouverte aux flots amers,
Et dans le noir abîme, hélas! précipitée,
A cessé pour jamais de parcourir les mers!

C'est donc en vain, cent fois, que tu bravas la rage
Des autans en courroux, des flots tumultueux!
Maints écueils si souvent semés sur ton passage
Ne t'épargnèrent donc que pour ce sort affreux!

Ce sont là de tes coups, cruelle enchanteresse,
Fortune, tour à tour bon ange, ange du mal;
Oui, c'est bien toi, puissante et perfide déesse,
Qui dans l'ombre ourdissais cet accident fatal!

5.

Un naufrage de plus plaisait à tes caprices,
Toi, dans les mains de qui notre sort n'est qu'un jeu.
Prodigue hier de dons, et, demain, de supplices,
Un malheur ordinaire à tes yeux est trop peu.

Il te le faut parfois immense, épouvantable,
Et de plus rehaussé de quelque attrait nouveau :
Un choc inattendu, non moins qu'inexplicable
Va du sein de la mer faire un vaste tombeau.

Et tu t'y plongeras, malheureuse *Colchide*,
Au moment où déjà t'apparaissait le port !
Tu lutterais en vain, car il n'est pas d'égide,
Point de secours permis contre l'arrêt du sort.

Ainsi, sur cette mer qu'on appelle la vie,
Que de jours fortunés arrêtés dans leur cours !
Que de biens réputés vraiment dignes d'envie,
Détruits, anéantis tout à coup pour toujours !

Que de fois, ô douleur ! le flambeau d'hyménée
Pour l'autel allumé brûla près d'un cercueil !
Que de fois la parure aux plaisirs destinée,
Par le trépas changée en un triste linceul !

Tu dirigeais, jadis, comme un dieu, le tonnerre,
Superbe conquérant, connu par tes hauts faits ;
Tu portais à ton front les palmes de la guerre ;
Aujourd'hui, près de toi croit le triste cyprès !

Au séjour de la mort tu pris aussi ta place,
Toi. pour qui la nature était un livre ouvert ;
Ta main sondait le globe et ton regard l'espace :
Mais pour toi le trépas d'un voile a tout couvert.

Ah ! tu chantais encore, à moitié dans la tombe,
Poëte bien-aimé, qui charmas nos douleurs !
Sous la pierre entr'ouverte, enfin ton bras retombe ;
A tes accents d'adieux ont répondu nos pleurs.

Mais de l'homme, ici-bas, la carrière finie,
Tout n'est pas à jamais pourtant enseveli ;
Sous les coups du trépas la vertu, le génie
Sauvent un souvenir de la mer de l'oubli.

LE DÉLUGE

D'APRÈS UN TABLEAU DE J. AÏVASOVSKY

Des mains du Créateur sortie immaculée,
Quand la terre en tous lieux profanée et souillée,
N'offrait plus au Seigneur, pour prix de ses bontés,
Que l'impudique encens de ses iniquités,
Le ciel, changé soudain en vastes cataractes,
Déversa par torrents des masses d'eaux compactes
    Sur les mortels épouvantés.

Oubliant qu'à ses flots des lois furent prescrites,
La mer, en même temp   ortant de ses limites,
Comme un fier conquérant, envahit l'univers.
De son onde en courroux les espaces couverts
Apparaissent bientôt ainsi qu'un lac immense ;
Sur l'univers entier s'étend l'affreux silence,
    La solitude des déserts.

Du liquide élément, ou mieux, de la vengeance
L'ère a paru soudain. Le chaos recommence :

Les ténèbres au lieu des célestes clartés ;
Des ruines sous l'onde en place de cités ;
Un voile nébuleux descendant sur le monde ;
Un mobile linceul s'étendant avec l'onde ;
    Les eaux enfin de tous côtés :

Voilà l'univers. Mais sa chute est incomplète :
D'un mont superbe au loin domine encore la crête ;
L'eau du ciel en inonde et la tête et les flancs ;
De sa base les flots sapent les fondements.
C'est là que des humains les déplorables restes
Ont cherché leur salut contre les traits célestes
    Et la fureur des éléments.

Quelle scène à la fois imposante et terrible
Présente cette image empruntée à la Bible !
Sous les torrents du ciel, par morceaux s'écroulant,
Par degrés, sous les flots déjà disparaissant,
Ce géant de granit semble un vaste navire,
Qui, battu par l'orage, et se brise et chavire,
    Au milieu du gouffre béant.

Voyez-vous à ses flancs, cramponnés avec rage,
Ces peuples, s'efforçant d'échapper au naufrage ?

Sous l'effort des torrents, à leur perte acharnés,
Hommes, femmes, enfants, vers l'abîme entraînés,
Aux angles des rochers se soutiennent à peine ;
Pendant que sous leurs pieds, dans la liquide plaine,
    Périssent mille infortunés.

Plus haut, sur un plateau, battu par la tempête,
Réunis en désordre, un de leurs chefs en tête,
S'agitent, pleins d'effroi, d'innombrables humains.
En vain tendant au ciel de suppliantes mains,
Ils implorent encor la divine clémence ;
Vers eux de plus en plus le flot vengeur s'élance,
    Apportant l'arrêt des destins.

Quelques instants encore, et sous l'effort de l'onde
Disparaîtra bientôt tout vestige du monde.
Du céleste courroux l'œuvre touche à sa fin.
Ces rochers par les flots escaladés enfin,
Ces peuples engloutis sur la montagne altière :
C'est la nature en deuil à son heure dernière ;
    C'est le trépas du genre humain !

LA FOI, L'ESPÉRANCE

ET

LA CHARITÉ

I

A l'heure où tout ici-bas est mystère,
    Planant dans l'espace chantait
Un chérubin ; et la nature entière
    Silencieuse l'écoutait.
« Oh ! disait-il, en ses saintes louanges,
    Univers, réponds à ma voix :
Les connais-tu les trois sœurs des archanges,
    Qu'engendra l'arbre de la croix ?
      Connais-tu leurs emblèmes,
      Leurs pieux diadèmes,
       Leur teint frais et pur
       Et leurs yeux d'azur ?

II

« L'une à son front, dérobé sous un voile,
Qui cache ses puissants attraits,
Comme ornement porte une belle étoile,
Dont on ne voit que les reflets.
A son approche, au loin vois dans l'espace
S'enfuir, d'un pas précipité,
La folle Erreur, qui soudain lui fait place,
Reconnaissant la Vérité.
Non, sous son ministère
Il n'est plus de mystère ;
L'incrédule croit
Et l'aveugle voit.

III

« Mais, vois non loin sa compagne fidèle,
Devant qui de vieux matelots
Courbent leurs fronts, d'où l'onde encor ruisselle ;
Qui les a donc sauvés des flots ?

C'est l'ancre sainte et de bonne assurance ;

    C'est l'étoile auguste des mers,

Qui tient vers Dieu, levés, pleins d'espérance,

    Nos yeux mouillés de pleurs amers ;

      Et qui, pendant l'orage,

      Soutient notre courage ;

        Sourit à nos vœux

        Des hauteurs des cieux.

IV

« Sais-tu quelle est cette vierge candide,

    Qui trace aux autres le chemin,

Portant au sein une croix comme égide,

    Ainsi qu'un cœur d'or dans la main ?

C'est celle qui prête au malheur des charmes,

    C'est l'amour, la toute-bonté,

Qui du mourant dissipe les alarmes

    A l'aspect de l'éternité ;

      Qui, pleine d'un saint zèle,

      Prend Dieu pour son modèle ;

        Sait, pour lui, chérir,

        Donner et mourir. »

V

— Ainsi chantait des hauteurs éternelles
De Dieu l'un des nobles hérauts ;
Quand à sa voix des voix toutes mortelles
Répondent comme autant d'échos.
« Oui ; répétaient ces accents de la terre,
Ces trois sœurs nous les connaissons.
Pour nous chacune est une tendre mère ;
Nous sommes tous leurs nourrissons.
Leurs noms sont : la croyance
Ou la *Foi*, l'*Espérance*,
La toute-bonté
Ou la *Charité*. »

MALHEURS DE *L'ORESTE*

VAPEUR RUSSE

ÉCHOUÉ ENTRE KERTCH ET THÉODOSIE

De la création reine trop inclémente,
O mer, quand dans ton sein cessera la tourmente?
Sur tes flots inhumains, las enfin d'engloutir,
Quand se tairont les pleurs, qu'on entend reten   ,
Comme un écho sans fin de la vague écumante?

Et toi, non moins cruel, non moins tumultueux,
Océan de la vie, autre abîme orageux,
Quand donc s'apaisera ton couroux redoutable?
Quand sur les sombres bords de ton gouffre implacable
L'âme goûtera-t-elle en paix des jours heureux?

Inutile souhait, où notre erreur se fonde!
Qui retentit partout, sur la terre et sur l'onde.
Il n'est pas ici-bas de paix ni de bonheur;

Eternelle est la peine, éternel le malheur ;
Le flot est toujours flot ; le monde, toujours monde !

En vain l'illusion et ses folles clartés
Ornent de bords fleuris et d'ilots enchantés
Le perfide élément où vogue le navire ;
En vain un faible instant l'âme humaine, en délire,
Croit nager sûrement au sein des voluptés.

De tout temps l'univers pour hôte eut la tempête,
Ce terrible ennemi, sous ses pieds, sur sa tête,
A ses côtés, en lui, partout l'homme le voit,
Marquant passé, présent de son funeste doigt ;
Assaillant l'avenir qui de loin lui fait fête.

Triste victime, hélas ! de l'étrange duel
Dans l'ombre préparé par ce tyran cruel,
Naguère *la Colchide* allait sonder l'abîme.
C'est *l'Oreste* aujourd'hui qui doit joindre sa dîme
Aux tributs dont la mer entoure son autel.

Près de toucher au port, il s'avançait rapide,
Traçant de creux sillons sur la plaine liquide.
Sa proue, ouvrant les flots au gré du gouvernail,

Apparaissait semblable à l'énorme poitrail
D'un fier coursier soumis à la main qui le guide.

On voyait, au milieu du silence des vents,
Le souffle condensé du monstre, aux larges flancs,
La vapeur, en son sein trop longtemps comprimée,
S'élever dans les airs en épaisse fumée,
Imposant le respect à deux des éléments.

Soudain, la mer bouillonne et l'onde s'amoncelle ;
Sur l'abîme en travail le colosse chancelle ;
Son élan se transforme en cahot dur et lourd ;
A l'entour de ses flancs on entend un bruit sourd :
C'est le flot qui mugit, le flot qui se rebelle.

De son mât balancé bientôt les craquements,
Des cordages tendus les aigus sifflements,
La voix des officiers, les cris de l'équipage
Se mêlent, en concert de funeste présage,
Au lugubre tumulte et des flots et des vents.

Au front des passagers déjà se voit empreinte
La frayeur qui les tient sous sa terrible étreinte.
Du naufrage pour eux a commencé l'horreur.

Le trouble dans l'esprit, l'angoisse dans le cœur,
Ils ont peine à garder sur leurs lèvres la plainte.

Mais, voici dans les airs qu'elle éclate soudain
Une, immense, semblable à la voix de l'airain,
Ou mieux encor semblable aux éclats du tonnerre,
L'Oreste sous ses flancs a cru sentir la terre
Lui livrer tout à coup un passage en son sein.

Sa carène, il est vrai, sur le sable arrêtée,
N'a plus à redouter l'onde encore agitée,
Qui vainement contre elle épuise sa fureur.
L'Oreste survivra. Pourtant vers le malheur
Est inclinée encor son aiguille aimantée.

Ce n'est plus de la mer qu'il faut craindre ses coups.
Mortels infortunés, que poursuit son courroux.
Ailleurs est le danger ; le sol vous le dénonce :
Cette plaine de neige, où votre pied s'enfonce,
C'est le champ de la mort pour beaucoup d'entre vous.

Comme on voit au désert, sous un climat perfide,
La caravane errante et sans chef et sans guide,
Au souffle meurtrier du simoun dévorant,

S'avancer en désordre, et puis, disparaissant,
De ses tristes débris joncher le sable aride ;

Ou, comme on voit encore, aux jeux sanglants de Mars,
Des malheureux vaincus les bataillons épars,
Lorsque le fer scintille et que le bronze tonne,
Au-devant de la mort, qui partout les moissonne ;
Dans leur égarement courir de toutes parts :

Tels vomis par *l'Oreste*, échoué sur la plage,
S'avancent dispersés, passagers, équipage.
Dans les steppes déserts et couverts de frimas,
L'aquilon, autre agent du funeste trépas,
Bientôt en aura fait un horrible carnage.

Ces steppes du regard à peine interrogés,
Ils s'y sont aussitôt bien avant engagés,
Abusés par l'espoir de la cité prochaine.
Ils n'ont aucun souci du froid ni de la peine,
Car ils foulent le sol ces pauvres naufragés.

Seul devant eux pourtant se déroule l'espace.
De toits hospitaliers, de cité nulle trace.
Et déjà plus aigu le froid se fait sentir ;

De plus en plus leurs pas semblent se ralentir ;
Dans leurs membres raidis déjà le sang se glace.

Le voile de la nuit sur eux en s'abaissant,
Permet pourtant encor de voir un court instant,
Au reflet de la neige apparaître leurs ombres ;
Mais insensiblement ces silhouettes sombres
Dans l'horizon lointain s'en vont disparaissant.

Au sommeil de la mort le grand nombre succombe.
Le soleil du matin qu'aucun brouillard ne plombe,
Vient mettre en tout son jour cette scène de deuil :
De loin en loin la neige, ainsi qu'un grand linceul,
Laisse voir un point noir ; ce point marque une tombe.

Ils sont là morts debout, dans la neige engloutis,
Ou s'y tenant penchés, ainsi que sur des lits.
Leurs yeux tout grands ouverts semblent chercher encore
La cité que rougit, mais non pour eux, l'aurore ;
Et tels que le trépas les a soudain surpris :

Ici, c'est un ami qui, penché vers la terre,
D'un ami, qu'en ses bras étroitement il serre,
Semble vouloir encor ranimer les esprits.

Ils étaient de même âge et du même pays :
La mort les tient unis sous sa cruelle serre.

Comme au milieu des camps, là plus loin sur le sol,
Un héros du Caucase et de Sévastopol
Est étendu drapé du manteau militaire.
Mais ce manteau n'est plus désormais qu'un suaire ;
Car l'âme du guerrier a pris vers Dieu son vol.

Des lauriers moissonnés dans le sentier des armes,
Il allait de l'hymen rehausser les doux charmes.
D'un vieux père l'orgueil, d'un tendre cœur l'espoir,
Avec empressement il courait les revoir ;
Que de bonheurs soudain changés en tristes larmes !

Sous des dehors où perce, hélas ! la pauvreté,
Et, malgré sa paleur, touchante de beauté,
Quelle est donc cette femme ? Oh Dieu ! c'est une mère !
De sa fécondité, fruit, hélas ! éphémère,
Un enfant dans ses bras semble encore allaité.

De la vie en son sein la source s'est tarie,
Comme l'eau du ruisseau dans la verte prairie.
Sur la tige, où la sève a cessé de couler,

6

Et que le vent du nord vient soudain de geler,
La tendre fleur aussi, comme elle, s'est flétrie.

Pensers amers ! Comment ! l'amitié, la valeur,
Et l'amour maternel et l'aimable candeur,
Ces charmes de la vie — ornements de la tombe !
Eh quoi ! c'est donc ainsi que tristement succombe
Ce qui fut tendre et pur, dévoué, plein d'honneur !

Quoi ! tout ce qui naquit et vécut dans la peine,
Dont se joua toujours la fortune inhumaine :
Ces soldats, ces marins, ces hommes de labeur,
Tous ces gens que venait d'épargner le malheur,
Le devaient rencontrer terrible en cette plaine !

Ainsi qu'aux jours de lutte, après d'affreux combats,
Il en est là, pourtant, qui trompant le trépas,
A de prochains secours redevront l'existence ;
Mais, d'un sort moins cruel ils paîront la clémence
Du sacrifice affreux de leurs pieds, de leurs bras.

Destin, sombre destin, voilà donc ton ouvrage !
Pour toi, rien n'est sacré, ni le sexe, ni l'âge ;
Tu tranches sans pitié les jours les plus heureux ;

Tu viens mettre le comble aux maux du malheureux ;
Rien ne peut assouvir ta fureur et ta rage.

C'est peu qu'isolément, sur tes ordres cruels,
A chaque instant du jour, par milliers, les mortels
Des êtres, en tous lieux, abandonnent la chaîne ;
Parfois, il faut encor qu'une hécatombe humaine
Soit le tribut offert au pied de tes autels.

Alors, tous d'accourir, et la peste et la guerre,
La famine, le froid, l'eau, le feu, le tonnerre ;
Et le sol chancelant, alors, de s'entr'ouvrir ;
Les volcans de fumer et la mer d'engloutir :
Tous les fléaux, enfin, de fondre sur la terre.

PERCE-NEIGE ET PRIMEVÈRE

PERCE-NEIGE.

Mais pourquoi donc sommeiller si longtemps ?
N'entends-tu pas, oh ! dis-moi, dans les champs
    Le doux Zéphire qui murmure ?
    Souris à cet hôte joyeux,
    Qui vient ranimer la nature,
    Ma sœur ; enfin, ouvre les yeux.

PRIMEVÈRE.

Quels suaves accents ont frappé mon oreille ?
D'où me vient cette voix ? de la terre ou des cieux ?
Est-ce d'un chérubin l'hymne qui me réveille ?
Ou bien, de quelque oiseau le chant mélodieux ?

PERCE-NEIGE.

Primevère, c'est moi, ton ami Perce-neige,
Dont la voix t'a parlé, qui tends vers toi les bras.

Vois comme sur mon front l'hiver et son cortége
Ont fortement empreint la trace de leurs pas.
J'ai froid ! Oh ! ne sois pas à mon sort inhumaine ;
Laisse-moi me chauffer à ton ardente haleine !
Bel ange, par pitié, ne me repousse pas !

PRIMEVÈRE.

Mais, pourquoi donc, hélas ! si tard me réveillé-je ?
J'ai dormi bien longtemps ! Ils sont pourtant si beaux,
Au retour du printemps, ces arbres, ces ruisseaux,
Ces prés, déjà tout verts ! N'est-ce pas, Perce-neige ?

PERCE-NEIGE.

Ces doux instants, perdus dans un trop long sommeil,
Avec toi, douce amie, aussi je les déplore.
Mais, sans moi, cependant, tu dormirais encore,
Primevère, attendant le moment du réveil.

Oui, tu dois à mes soins le bonheur qui t'enivre.
Et l'aspect des trésors dont tes yeux sont charmés.
Mais je te dois bien plus : à tes sens ranimés,
A ton réveil, en moi l'amour vient de revivre.
Si tu pouvais te voir dans ton corsage blanc ;
Si tu savais combien m'est doux ton frais visage,

6.

Ah ! d'un tendre baiser tu souffrirais l'hommage,
Et paîrais de retour mon aveu simple et franc !

PRIMEVÈRE.

Eh quoi ! ne sais-tu pas que la nuit fuit l'aurore,
Et l'hiver le printemps, et le souris les pleurs.
A l'enfant, au berceau, vieillard, lorsque tu meurs,
Sans honte oses-tu bien parler d'amour encore !

PERCE-NEIGE.

Au milieu des frimas j'ai perdu ma vigueur ;
Les rigueurs de l'hiver ont épuisé mon être.
Mais, aux feux de l'amour je puis encor renaître ;
Et déjà ton parfum a ranimé mon cœur.

PRIMEVÈRE.

Ami, n'entends-tu pas, dans la plaine éthérée,
Un bruit d'ailes confus, parti de l'Orient ?
C'est le jeune Zéphire, à mes vœux souriant,
Qui se hâte vers moi du sein de l'empyrée.
A ce joyeux garçon, à cet enfant du jour,
Et mon premier baiser et mes gages d'amour,

PERCE-NEIGE.

Eh quoi ! sous les frimas, cruelle destinée !

Se seront écoulés, hélas ! mes jours en fleurs.
A moi seul le printemps refuse ses faveurs ;
Pour moi, point de chaleur, d'amour ni d'hyménée ;
Enfin, pour moi, rien que les pleurs !

PRIMEVÈRE.

A la vieillesse, ami, ne sied que la sagesse ;
Pour elle du printemps trop ardents sont les feux ;
Pour elle de l'amour ne sont pas faits les jeux :
C'est trop tard, pour aimer, d'attendre la vieillesse.

. . . .

Primevère se tut ; et bientôt dans ses bras
S'abattit radieux l'impatient Zéphire.
Parfum, Haleine ensemble, avec un doux sourire,
Echangent des baisers, qu'Amour ne compte pas.
Cependant Perce-neige, en qui le cœur se brise,
Succombe tristement à la première brise
En répétant : Hélas ! hélas !

LA FOUDRE

Entendez-vous dans le lointain
Ce bruit sourd qui gronde et qui roule,
Semblable à une énorme boule,
Retombant sur un plan d'airain ?

Non moins terrible que la poudre,
Ce formidable roulement,
D'un pôle à l'autre allant grondant,
C'est celui que produit la foudre.

C'est l'imposante voix de Dieu
Parlant à la nature entière
Un langage dur et sévère,
Accentué de traits de feu.

De fureur, de justice ensemble
L'organe à la fois et l'agent,

Ce qu'il nous dit, cet élément,
Demandez-le au juste, qui tremble.

« Je suis, dit cette voix, celui
Qui d'un seul mot créa le monde,
Et qui dans une nuit profonde
Peut le replonger aujourd'hui.

C'est moi dont la loi fut remise
Sur le Sina par ces accents,
Au milieu d'éclairs flamboyants,
Au saint législateur Moïse.

Dans mes mains est ce feu vengeur,
Qui sans pitié frappe et dévore ;
Pensez à Sodome et Gomorrhe ;
Et redoutez pareil malheur !

Craignez ma colère, hypocrites,
Esprits forts ; craignez, vous, surtout,
Auteurs pervers, qui dans l'égout
Trempez vos plumes illicites !

Tremblez de tomber sous mes coups,
Avares, couverts de guenilles,

Où percent les pleurs des familles,
Que le besoin poussa vers vous !

Du fier Denys comme le glaive
Sur Damoclès mis autrefois,
Prête à vous frapper à la fois
Sur vos fronts ma foudre se lève,

Vils flatteurs, pâles envieux,
Hommes haineux, à l'œil farouche ;
Et vous, détracteurs, dont la bouche
Se plaît aux récits venimeux ;

Et vous, que l'ambition guide
En mille tortueux détroits ;
Et vous qui trafiquez des lois,
Magistrats, à l'âme sordide !

Enfin, tremblez dans vos palais,
Homme superbe, au cœur de marbre,
En songeant que le plus grand arbre
Est le plus en butte à mes traits ! »

LA FLEUR BLESSÉE

Avec l'aurore, au teint vermeil,
Je naquis de rubis couverte ;
Et ma corolle s'est ouverte
Aux premiers rayons du soleil.

Autre fleur, comme moi, gentille,
Autre parfum délicieux,
Ce matin, passait en ces lieux
Une charmante jeune fille.

Dans ses beaux yeux on croyait lire
La douceur, la paix et l'amour.
Je lui souris ; elle, à son tour,
Me répondit par un sourire.

Vers moi, comme pour me cueillir,
Elle étendit sa main de rose ;
Je sentis, au bonheur éclose,
Ma corolle alors tressaillir.

Mon âme, ainsi que dans un rêve,
Goûtait un plaisir tout divin ;
Je me croyais ornant le sein
De cette aimable fille d'Eve.

Bientôt, hélas ! avec mes sens
Je retrouvais, désabusée,
Sur ma tige, à demi-brisée,
Mes verticilles languissants.

Pourquoi ne m'as-tu pas cueillie,
Jeune fille, ô mon idéal ?
Sous ton corsage virginal
Ah ! que ne suis-je ensevelie !

Mon âme à des biens superflus
Eût cessé de porter envie ;
De mon calice eût fui la vie :
Au moins, je ne souffrirais plus.

Pour mon malheur, j'ai dû survivre
Au coup que m'a porté ta main.
Ah ! jeune fille, à quel destin
Ton cruel abandon me livre !

Du destin contemple les fruits :
Mon sort, perfide, est ton ouvrage ;
Sur ma fleur flétrie avant l'âge
Vois mes maux en rides traduits.

Le sang coule de ma blessure ;
Un froid mortel glace mon front ;
Dans mes yeux déjà se confond
Le spectacle de la nature.

J'entends à peine dans les champs
S'agiter encor le feuillage ;
Ainsi qu'au travers d'un nuage
Je vois les trésors du printemps.

Les oiseaux sont-ils en silence ?
Je n'entends nul chant, aucun bruit.
Mes sœurs, est-ce déjà la nuit ?
— Non; c'est le trépas, qui s'avance.

Bientôt, plus d'aurore, aux doux feux,.
Pour moi! pour moi, plus de rosée!
Ni plus de montagne boisée!
Plus de ruisseaux harmonieux!

7

Pourtant, la pauvre délaissée
Te pardonne à son dernier jour.
Puisses-tu n'apprendre, à ton tour,
Ce que c'est qu'une fleur blessée !

A MADAME ***

A PROPOS DE SA CHARMANTE ÉLÉGIE SUR LE SORT DES FEMMES
FINISSANT A CHAQUE STROPHE PAR CES MOTS :
« PAUVRES DE NOUS! »

« *Pauvres de nous!* » Ces mots, tristes accents de l'âme,
A la lyre arrachés par les doigts d'une femme,
     Quel purs et suaves sanglots !
     C'est la voix plaintive des flots ;
     C'est la cadence de la rame.

Du sonore métal, balancé dans les cieux,
Ce ne sont point ici, non, les accords joyeux,
     Mais bien, la lugubre harmonie :
     Le glas du cœur à l'agonie,
     Le chant suprême des adieux.

Semblables aux clameurs, dont parfois Philomèle
Fait retentir les bois, qui regrettent, comme elle,
     Les délicats et chers petits

A son amour soudain ravis
Par l'enfant à la main cruelle;

Ces mots : « Pauvres de nous! » enfin disent encor
Les regrets, les soupirs, que l'amour, à l'essor,
    Oppose aux doux ris, filles d'Eve !
    Comment par la plainte s'achève
    Chacun de vos beaux rêves d'or.

SUR L'ÉRUPTION DE L'ETNA, EN 1865

Tandis qu'au sein des flots amers
Bat le pouls immense des mers,
Qu'aux cieux résonne le tonnerre,
Dans les entrailles de la terre
Bout l'âme en feu de l'univers.

Jusqu'en ses fondements, tout à coup, le sol tremble;
Et, s'entr'ouvrant avec un grand fracas,
Dans ses flancs déchirés en mille endroits ensemble,
Offre béant un gouffre à chaque pas.

Non loin, une montagne fume,
Qui fait, de son sein caverneux,
Jaillir, avec un bruit affreux,
Le feu, la cendre et le bitume.

C'est l'Etna, l'immortel volcan;
C'est l'Encelade de la fable,
Poussant sa plainte lamentable :
Il vit toujours, l'affreux Titan !

De l'un à l'autre bout du monde,
Que sont ces clameurs, ces sanglots
Répétés, comme autant d'échos,
Là par la terre, ici par l'onde ?

C'est l'immense cri de douleur
Sortant de la poitrine humaine ;
L'éruption des cœurs en peine,
Des âmes en proie au malheur.

C'est le remords, puissance occulte,
En secrète ébullition ;
C'est la soudaine explosion
De nos passions en tumulte.

C'est la pensée en son élan
Sous le joug longtemps comprimée,
Sortant tout à coup enflammée
Du cerveau, cet autre volcan.

C'est aussi l'immense colère,
Couvée au sein des nations,
Soudain des révolutions
Entr'ouvrant l'horrible cratère.

Fléau du monde et peste des États,
C'est elle, enfin, la guerre sans entrailles,
Accumulant ruines, funérailles,
Au gré souvent d'orgueilleux potentats.

. . . .
. . . .
. . . .

Mais, vers l'Etna fumant quel mortel téméraire,
Loin de fuir le danger, l'affrontant, au contraire,
Comme aux plaines de Mars un valeureux guerrier,
S'avance d'un pas ferme et le regard altier?
Martyr de la science est-ce quelque autre Pline,
Qu'à l'égard du danger le merveilleux fascine?
Ou quelque prêtre épris d'un élan généreux,
Allant près du volcan en conjurer les feux?
— Non; ce n'est point un Pline, encor moins un Moïse,
Du Sina, du Vésuve enviant l'entreprise;
Mais, ainsi qu'Empédocle au trépas se vouant,
Il veut, lui, pour sa tombe un cratère fumant.

Faut-il s'en étonner?— Non; l'absurde et l'horrible
Ont bien souvent sur nous un charme irrésistible.
Ainsi que pour le bien, de même, pour le mal,
Il est, au fond du cœur, comme un aimant fatal,
Qui, sur nous exerçant son redoutable empire,

Du droit sentier repousse et vers l'abîme attire.
Le tigre ne se plaît qu'au fond d'affreux déserts ;.
L'orage est l'élément du sombre oiseau des mers;
Les fils du pélican font aussi leurs délices
Du sang que de leur père offrent les cicatrices.

Tel est le cœur humain sous l'étreinte du sort.
Quand pour l'homme la vie est pire que la mort,
Les perturbations du ciel et de la terre,
La tourmente des flots, les éclats du tonnerre
Ont pour lui les attraits, les accents les plus doux;
Des éléments, enfin, la nature en courroux
Fait autant de suppôts, tous d'accord pour le crime.

. . . .

De l'Etna l'inconnu vient d'atteindre la cime.
A quelques pas de lui se voit l'horrible lieu
D'où s'élancent dans l'air mille gerbes de feu.
Il s'arrête, et soudain, avec transport s'écrie :
« O mont! quoique étranger à ceux de ma patrie,
(Car j'ai dû jusqu'à toi traverser bien des mers),
Un lien nous unit des plus forts, des plus chers,
Puisque je trouve en toi de mon destin rebelle,
De mon âme en délire une image fidèle.
Dans les profonds sanglots qui sortent de tes flancs

J'aime à voir de mon cœur les douloureux élans ;
Chacun des éléments, que lance ton cratère.
Me rappelle un des traits de mon fier caractère.
De mon front ont jailli, comme du tien, parfois,
Non pas de ces éclairs, trop féconds en exploits,
Ou plutôt, en forfaits, de nos foudres de guerre ;
Mais de ces feux divins, auxquels le vieil Homère,
Même après trois mille ans, doit encor sa splendeur.
En partage m'échut, comme à toi, la grandeur ;
Un nom, comme le tien, de célèbre mémoire ;
De mon domaine aussi le vaste territoire
Ne le cédait en rien à ces riants coteaux,
Qui couronnaient tes flancs des chênes les plus beaux.
Pour moi le ciel prodigue, autant que la nature,
Avait de tous ses dons épuisé la mesure.
Mais, terrestres faveurs et célestes trésors,
N'ont porté d'autres fruits qu'un stérile remords.
L'entraînement des sens, les passions de l'âme
Pour ma vie ont été ce qu'est l'horrible flamme
Que lance ton cratère à tes fertiles flancs :
De ruine et de deuil les fatals instruments.
De mes erreurs le sort a complété l'ouvrage :
Que de fois sont venus sur moi fondre, avec rage,
Ensemble, ou tour à tour, ces vautours du bonheur,

Qu'on nomme perfidie, infortune et douleur !
Au dedans, au dehors, pour moi ni paix ni trève ;
Un supplice incessant qui, lui, n'est pas un rêve,
Voilà pour le passé, le présent, l'avenir.
Mais avec le malheur, il est temps d'en finir.
Puisque c'est un fardeau que ma triste existence,
Puisqu'il n'est plus que maux, pour moi, dans la balance,
De mon Gethsémanie, oh ! sois le Golgotha ;
Que je trouve en ton sein le repos, mont Etna ! »

Il dit. Comme l'enfer souriant à sa proie,
Le volcan dans les airs en a poussé, de joie,
Du centre de la terre un long mugissement.
A ce bruit, l'inconnu sent un frémissement
L'agiter tout entier. Prêt à son sacrifice,
Tel est dépeint Manfred au bord du précipice,
Lorsque la voix du pâtre a soudain retenti ;
Tel Faust d'étonnement demeure anéanti,
Lorsque sur la montagne, il voit, comme un nuage,
D'Hélène s'envoler la séduisante image.

Comme l'un de l'abîme il détourne les yeux ;
A l'exemple de l'autre, il regarde les cieux.
Sur son front, tout à l'heure et d'airain et de glace,
Du désespoir l'empreinte en un instant s'efface ;

Un clair rayon d'en haut semble avoir, dans son cœur,
Ravivé, tout à coup, un reste de bonheur.
C'est ainsi qu'en un ciel gros d'éclairs et d'orage
L'astre du jour, soudain, dissipant le nuage,
Qui d'un voile de deuil obscurcissait ses feux,
Arrache un cri d'amour au cœur du malheureux.
« Qu'elle est belle, dit-il, cette céleste voûte,
Qu'à dépeupler souvent s'est plu l'enfant du doute !
Quel abîme à la fois de pouvoir, de bonté,
Révèlent sa splendeur et son immensité !
Tu n'es pas le néant, où le hasard préside,
Superbe pavillon, tableau toujours splendide !
Quelque puissance habite en cet auguste lieu.
Qu'on la nomme nature ou force occulte ou Dieu,
C'est elle dont la main à nos yeux invisible,
Créa le firmament pour nous servir de Bible ;
Le parsema de feux, tous, autant de reflets,
De son pouvoir immense et de ses traits secrets ;
C'est elle dont la voix parle avec le tonnerre,
Ou gronde sourdement au centre de la terre,
De la terre, elle aussi, l'ouvrage de ses mains,
Le merveilleux miroir de ses attraits divins.
De même que son doigt a tracé dans l'espace
Aux astres leur chemin, elle a marqué sa place

A chacun des mortels, par son ordre, ici-bas.
La quitter avant l'heure et courir au trépas,
C'est le fait d'un rebelle ou d'un lâche, et que blâme,
Autant que ses décrets, l'auguste voix de l'âme.
Arrière donc, perfide et sombre désespoir !
Vivre est pour moi souffrir ; mais vivre est mon devoir ;
Je saurai l'accomplir. C'est Dieu qui le commande.
Plus la tâche est pénible et plus la gloire est grande.
A cette loi du ciel que ma soumission
De mes longues erreurs soit l'expiation. »

Il se tait ; et bientôt, redescend la colline,
Laissant derrière lui la brûlante piscine
Sur les bords de laquelle, un instant plus heureux,
Il avait partagé les transports du lépreux,
Mais non sa guérison : car, bientôt sur la grève
Son cadavre attestait que l'homme à forte séve,
Comme le cèdre altier, après avoir longtemps
Résisté courageux aux fureurs des autans,
Sous les coups redoublés de l'affreuse tempête
Hélas ! par trop souvent incline enfin la tête (1).

(1) Voir *Revue des Deux-Mondes*, volume du 1er juillet 1865, page 126.

SUR LES GUERRES DE NOS JOURS

Et depuis trois mille ans aux héros condamnée,
La terre n'a pu voir une innocente année
Où du sanglant récit de ses faits éclatants
Un héros n'ait souillé les gazettes du temps.

                                M.-J. Chénier.

Quand l'homme, à la lueur de la faible étincelle,
Qu'entre ses mous replis l'étroit cerveau recèle,
Au pouvoir de son bras unit, comme un levier,
Dans quelque noble but son pouvoir tout entier,
A son âme il n'est plus de bornes ni d'obstacles ;
Et partout sous ses pas surgissent les miracles.

Voyez-le, s'élançant dans les plaines de l'air,
Ou, ravissant au ciel non le feu, mais l'éclair,
S'élever au-dessus des monts, géants du monde,
Transmettre au loin l'idée en moins d'une seconde ;
Et sur terre et sur mer voler par la vapeur ;
Enfin, ouvrir le sol pour le navigateur.

A ces travaux d'Hercule, à mille autres encore,
Dont notre fier orgueil avec raison s'honore,
On la reconnaît bien la parcelle de feu
Qui dans l'esprit humain jaillit du sein de Dieu,
Et, semblable au soleil, fécondante lumière,
Sans cesse de bienfaits comble la terre entière.

Hélas! pourquoi ce noble et généreux penchant
Qui fait s'excéder l'homme et qui le rend si grand,
Ce pouvoir décerné par le ciel au génie,
Pourquoi donc contre l'ordre et contre l'harmonie
S'unissant de concert, dans un perfide effort,
S'érigent-ils souvent en instruments de mort?

Destin fatal! il faut qu'aux actions célèbres
L'homme mêle parfois des œuvres de ténèbres;
Que lui, l'ange du bien se fasse ange du mal;
Qu'empruntant des démons l'artifice infernal,
De cette auguste main qui se plaît à produire
Une aveugle fureur le pousse à tout détruire!

Que va-t-il donc sortir de l'immense brasier
Où bout liquéfié le bronze ou bien l'acier?
Pourquoi ces minerais, ensemble mis en poudre,

Au seul contact du feu reproduisant la foudre?
C'est ce qui doit servir à l'humaine fureur
Pour verser sur le monde et ruine et malheur.

Art horrible, odieux, que l'homme, en sa colère,
Inventa contre l'homme, et qu'on nomme la guerre,
Maudit sois-tu, cent fois! maudit sois, faux orgueil,
Qui, plaçant notre honneur dans le sang et le deuil,
En Minotaure affreux transformes le génie,
Et fais de l'univers une vaste Hyrcanie !

Ne semblerait-il pas, à nous voir, insensés,
Renchérir en fureur sur les siècles passés,
Que l'un des premiers soins du progrès, en ce monde,
Soit d'accroître les maux, dont la nature abonde;
De rétrécir le cœur en étendant l'esprit ;
De faire un Dieu de l'un et de l'autre un proscrit.

Il serait beau pourtant, peuples, de vivre en frères :
En plus que de bonheurs ; en moins que de misères!
On ne nous verrait plus, pour de vils intérêts,
Sans cesse mettre en jeu l'universelle paix.
L'âge d'or renaîtrait, « s'aimer les uns les autres, »
N'était-ce point du Christ le précepte aux apôtres ?

A la religion, à la raison soumis,
Oh ! quand donc les mortels, cessant d'être ennemis,
Se tendront-ils des mains pures de tout carnage ?
De la terre a déjà disparu l'esclavage ;
Du moyen âge aussi les désordres ont fui ;
Mais l'aurore de paix n'a pas encore lui.

La discorde survit. Ce monstre impitoyable,
En ses fureurs semblable à l'hydre de la fable,
Sans cesse décimé, sans cesse renaissant,
De carnage et d'horreurs partout se nourrissant,
Et de son souffle impur infectant l'atmosphère,
Ne fomente en tous lieux que vengeance et colère.

A sa voix soulevé, naguère l'Occident
En armes se ruait aux plaines d'Orient ;
Et le funeste sort de l'antique Carthage
D'une cité des czars devenait le partage.
Deux ans l'Euxin voyait maints peuples, sur ses bords,
Des Scythes rappeler les furieux transports.

De la cendre, où gisait sa gloire ensevelie,
La voyez-vous soudain, la classique Italie,
Sous l'étendard français abritant ses soldats,

Se lever frémissante au souffle des combats ?
Bientôt en traits de sang la main de la victoire
Ecrit Solférino, Magenta dans l'histoire.

Dans le Céleste-Empire une immense clarté
A brillé tout à coup vers le palais d'Eté.
Sont-ce des feux de joie, annonçant quelque fête ?
— Oh ! non ; c'est l'incendie, œuvre de la conquête :
De la guerre, elle aussi, l'odieux instrument,
La torche ici du fer se fait le complément.

Pourquoi donc sur les bords du nouvel hémisphère
Ces guerriers que dépose une flotte étrangère ?
Aux soldats de Cortez enviant leurs exploits,
Ils viennent de la force introniser les droits.
Mais, malgré les lauriers dont Puebla les couvre,
Derrière eux une tombe, et, quelle tombe ! s'ouvre.

Dans l'appât du butin agissant de concert
(Comme cela se voit parfois dans le désert),
Voici venir armés deux redoutables princes ;
Au faible Etat voisin ils prennent deux provinces.
Mais, du Sleswig-Holstein les injustes malheurs
Ne sont de Sadowa que les avant-coureurs.

Le tableau déchirant de maintes républiques
Tout sanglant reparaît dans les deux Amériques.
Nouveaux Messéniens, lassés du joug des lois,
Succombent par le fer Polonais et Crétois.
Sous les canons anglais croule un barbare empire ;
Et, dans l'Espagne en sang, la république expire.

Du sublime d'horreurs le moment est venu.
Comme le feu du sol trop longtemps contenu.
Qui, soudain, se fait jour par un double cratère,
Des Francs et des Germains éclate la colère.
Jamais pour les combats d'élan plus furibond ;
La foudre est moins terrible et d'un effet moins prompt.

Dans les cruels transports de la valeur guerrière,
De cadavres sanglants se couvre la frontière.
Inférieure en nombre à son rude ennemi,
Déjà, la France, à Wœrth, est gisante à demi ;
La fortune a trompé sa trop bouillante audace :
Ce n'est là de ses maux pourtant que la préface.

Sous les murs de Sedan quels sont donc ces guerriers
En nombre incalculable emmenés prisonniers ?
Ce sont les défenseurs que la France a vus naître,

Lui prodiguer leur sang jusqu'au jour où leur maître,
Rendant tout le premier son épée au vainqueur,
Au front de la patrie eût mis le déshonneur.

Une pareille honte aura son second acte !
Voyez sortir de Metz, en légion compacte,
Le front bas, ces héros voués à la prison ;
Qui les a désarmés ? — Encor la trahison.
Surprise, trahison, ô malheureuse France,
Voilà les deux écueils où sombre ta vaillance !

La ruse et l'égoïsme en vain s'efforceront
De ménager ton sang, au prix d'un double affront ;
A l'humanité c'est une inutile dîme :
Après Sedan et Metz s'est agrandi l'abîme.
Immense était la plaie ; elle va faire horreur :
Bellone a des agents dignes de sa faveur !

Comme un cerf aux abois, qu'une meute harcèle,
A l'aspect du torrent sent raviver son zèle,
La France, dans le gouffre entr'ouvert sous ses pas,
Cherchera son salut, en courant au trépas.
Au moins, après la lutte, où le sort la convie,
Un mot restera vrai, le vieux mot de Pavie.

La France, en deuil, aura reconquis son honneur ;
Mais la honte sera l'un des lots du vainqueur :
Il pourra, ce dernier, vanter son artifice,
Ses nombreux bataillons, engagés dans la lice ;
L'histoire, en attestant sa force et ses succès,
Au pilori mettra ses odieux excès.

Elle dira comment l'audace et l'imposture
Du nom d'un diplomate auront fait une injure ;
Comment un million de farouches héros
Auront dans leurs fureurs plus qu'égalé les Goths ;
Et comment, de nos jours, le machiavélisme
Prépara les succès d'un honteux chauvinisme.

. . . .

. . . .

Ainsi, ce que voudrait, mais en vain, le passé,
Voiler le sang humain atrocement versé,
Le présent se complait à le voir, au contraire,
Se répandre à grands flots dans l'urne funéraire.
Notre temps en horreurs prime les anciens ;
Et toutefois, la palme est aux faits prussiens.

PARIS

SOUS LA COMMUNE EN 1871

De ruines sans nom, de cadavres sans nombre
D'où vient donc dans Paris l'aspect lugubre et sombre?
— La discorde infernale a soufflé sur Paris...
Et, ce Paris si beau, n'est plus qu'affreux débris;
Et son peuple est gisant : enfants, hommes et femmes,
Pour funèbres flambeaux ayant sa ville en flammes,
    Pour triste glas, du monde entier les cris.

En splendeur la cité qui n'avait pas d'égale,
Jusque dans ses malheurs doit rester sans rivale.
Qu'est-ce auprès de Paris, dans les anciens temps,
Que Numance et Carthage, à leurs derniers moments?
Qu'est-ce, en ce siècle encor, que Moscou, Saragosse?
Ces exemples fameux de désespoir atroce,
    Que sont-ils donc? — Presque des jeux d'enfants.

En ses calamités, l'antique Sion même,
Du Paris de nos jours n'était qu'un pâle emblème.
Avec Jérusalem l'âme avait à gémir ;
Mais Lutèce aujourd'hui la contraint à frémir.
Qu'aux lamentations du célèbre prophète
Répondent les clameurs du moderne poëte !
    Paris volcan recommence à vomir.

D'abord, Quatre-vingt-treize et puis, Dix-huit-cent-trente
Puis encor Quarante-huit ; enfin, l'Enfer du Dante,
L'horrible Enfer du Dante en ses cercles hideux
Etreignant, comprimant des flots de malheureux,
Oui, voilà de Paris l'aspect épouvantable.
Mais la réalité dépasse ici la fable :
    Soixante et onze est du sublime affreux.

Suppôts du mal, des nains, aux instincts romanesques,
Ont rêvé des Titans les exploits gigantesques.
Sous leurs efforts Paris, un instant Pélion,
Se transforme bientôt en un autre Ilion.
Partout le deuil, partout d'horribles funérailles ;
A d'odieux forfaits d'atroces représailles,
    La loi du fer, la loi du talion.

Fraternels, cependant, sont ces bras sanguinaires,
Fraternelles aussi, ces mains incendiaires!
Saturne osait, dit-on, dévorer ses enfants :
Aujourd'hui c'est Paris qui perce aux siens les flancs.
D'un barbare ennemi poursuivant l'œuvre infâme,
Autre Erostrate, il met tous ses palais en flamme;
    Autre Samson, abat des monuments!

Horreur! quoi! le charnier d'atroces cannibales,
La cité, tête et cœur des autres capitales!
Quoi! sombre champ de deuil, vaste amas de débris,
Ce Memphis de nos jours, le somptueux Paris!
Lui qui naguère encor, au fort de la tempête,
Résistait intrépide aux flots de la conquête,
    Ivre de sang, du suicide épris!

. . . .
. . . .
. . . .

Tes jours sont-ils comptés, moderne Babylone?
—Non, mais les tiens, Commune, exécrable Gorgone!
De son funeste doigt, c'est toi, dont le Destin
Inscrit en traits de feu la déplorable fin.
Deux mois d'atrocités ont comblé la mesure;
Dans l'infernal séjour descends, Commune impure!
    Paris, phénix, lui, revivra demain.

SURSUM CORDA!

« En haut les cœurs! » C'est le cri de l'Eglise
A ses enfants devant Dieu prosternés.
Que ce soit là, Français, notre devise :
En haut les cœurs! Plus de cœurs consternés!

Lorsque sur mer, assailli par l'orage,
Un fier navire a perdu ses agrès,
On ne voit point les gens de l'équipage
Se consumer en impuissants regrets.

Mais tous les yeux sont tournés vers le phare ;
Tous les efforts y dirigent la nef.
Le port atteint, le dégât se répare,
Et l'on reprend sa route de rechef.

Plus lent peut-être, alors, à travers l'onde,
Et plus craintif s'avance le vaisseau.
Mais, grâce au vent qui bientôt le seconde,
Il vogue au loin sans accident nouveau.

Un jour, enfin, apparaît le rivage,
Depuis longtemps l'objet de tous les vœux ;
Et parvenus au terme du voyage,
Les matelots coulent des jours heureux.

Ce fier navire, au sein de la tempête,
Et qu'en détresse ont mis les noirs autans,
France, c'est toi, toi qui, par ta défaite,
Vois tes destins sur l'abîme en suspens.

C'est toi, cité, reine des capitales,
Tant par l'esprit, le cœur que les atours ;
C'est toi, Paris, sous d'horribles rafales
Près de périr aujourd'hui pour toujours.

France, il est vrai, nombreuses, tes épaves,
Vont enrichir le rivage ennemi ;
De tes remparts, fier Paris, les enclaves
Sont par tes fils détruites à demi.

Et cependant, après ces jours d'orage,
Malgré nos maux et d'odieux forfaits,
De nos aïeux imitons le courage :
Bravant le sort, relevons-nous, Français !

8

Nos ennemis, dans leur barbare zèle,
En t'égorgeant, te pillant, te brûlant,
France, de toi disaient : « Périsse-t-elle !
Rentre sa gloire avec elle au néant ! »

Mais montre-leur, malgré ce que te coûte
De sang et d'or leur triomphe nouveau,
Qu'ivres d'orgueil, ils ont fait fausse route,
En prétendant te conduire au tombeau.

Oblige-les à te rendre justice
Par ton courage au milieu du malheur,
Eux qui naguère abandonnaient la lice,
Sachant si mal les vertus du vainqueur.

REMARQUES

SUR LA TRADUCTION DES *BOHÉMIENS*

A défaut d'autre mérite, la présente traduction des *Bohémiens* aura du moins celui de la nouveauté.

Dans un volume intitulé : *Suppléments aux Œuvres de Pouschkine...* par M. Grégoire Gennadi (Saint-Pétersbourg, 1860), il est bien fait mention, il est vrai, de plusieurs traductions françaises des *Bohémiens*. Mais toutes, sans exception, sont en prose.

C'est là un fait d'autant plus digne de remarque qu'en allemand, en italien, en valaque et en polonais, le poëme en question se trouve, depuis assez longtemps déjà, traduit en vers, et même plusieurs fois, ainsi qu'il est facile de s'en convaincre en parcourant l'ouvrage que nous citions tout à l'heure.

Il y avait donc jusqu'ici en français, relativement aux traductions de Pouschkine, une lacune que le présent travail tend à faire disparaître.

Entreprise, continuée et achevée à l'aide du texte seul, la traduction en vers que nous donnons aujourd'hui des *Bohémiens* est loin, sans doute, d'être exempte de toute imperfection.

Parmi les défauts qu'on est en droit de lui reprocher,

il en est deux surtout qu'il nous convient de signaler
tout le premier, et cela, autant dans l'intérêt de la cri-
tique, que pour l'acquit de notre conscience.

De ces défauts, l'un concerne le rhythme, et l'autre, la
rime.

En confrontant ensemble les vers de l'original et ceux
de la copie, on ne peut manquer d'être frappé, tout d'a-
bord, de l'inégalité qu'ils accusent entre eux, au point
de vue de l'étendue linéale. Toute proportion gardée, ils
se trouvent être, les uns à l'égard des autres, dans des
rapports analogues à ceux qui existent entre l'ancienne et
la nouvelle mesure de longueur, l'aune et le mètre.

Si l'on soumet, en effet, ici, la poésie tonique du russe
au système syllabique du français, l'alexandrin, dont il
est fait usage dans la traduction, excepté en deux endroits seulement, l'alexandrin, disons-nous, paraît affi-
cher, à l'égard de l'iambe russe, des dimensions trop
grandes de quatre pieds. Il suit de là que le vers de dix,
et même seulement de huit syllabes, eût été, ce semble,
préférable, dans la traduction, comme plus conforme au
rhythme du modèle.

Cette latitude, que le traducteur a cru devoir prendre
ici, à l'égard de la forme, surprendra, toutefois, beaucoup
moins, si l'on vient à réfléchir à l'extrême concision qui
résulte, pour le russe, de ses déclinaisons, de la variété
et de la richesse des préfixes et des affixes dans cette
langue, comme aussi de la signification si étendue des
aspects, s'ajoutant aux temps de ses verbes, toutes choses
qui, pour être rendues en français, nécessitent fréquem-
ment l'emploi des périphrases.

C'est encore sous le rapport de la forme que pèche, à d'autres égards, la présente traduction, dont le second, ou, pour parler plus juste, le deuxième défaut tient à certaine liberté que nous avons cru devoir nous accorder ici, relativement à la rime.

Dans l'original, les vers, qui se présentent d'ordinaire croisés, ne laissent pas que d'être suivis, de temps à autre, de deux vers à rimes plates, et cela à des intervalles tout à fait inégaux, ainsi qu'il est facile de le voir à l'épilogue, où la forme du texte a été scrupuleusement conservée.

Il résulte de là que tout le poëme semble n'être qu'un composé de stances, mais de stances dont les allures capricieuses ne sauraient guère, malgré d'incontestables avantages au point de vue de l'harmonie, être admises en français comme en russe.

On comprendra donc facilement que nous nous en soyons tenu aux rimes croisées du texte, dont les rimes plates intercalaires se trouvent toutefois reproduites, elles aussi, mais seulement en quelques rares endroits de la traduction.

Deux ou trois monologues se terminent en effet, dans la copie française, par des rimes plates.

Il y a plus, vers la fin, il est tout un long passage où ces dernières ont totalement pris la place des rimes croisées.

Dans l'un et l'autre cas, c'est moins négligence de notre part, qu'impossibilité d'en agir autrement sans faire subir à l'original des changements qui n'eussent pas manqué de paraître encore beaucoup plus importants.

Le hasard a voulu qu'ici la rime plate se prêtât mieux que la rime croisée aux exigences tant de la pensée que de l'expression. De là, tout à la fois, l'inconséquence et l'irrégularité que nous venons de signaler.

TABLE

6154. — Paris. Typ. de Ch. Meyrueis, 13, rue Cujas. — 1873.

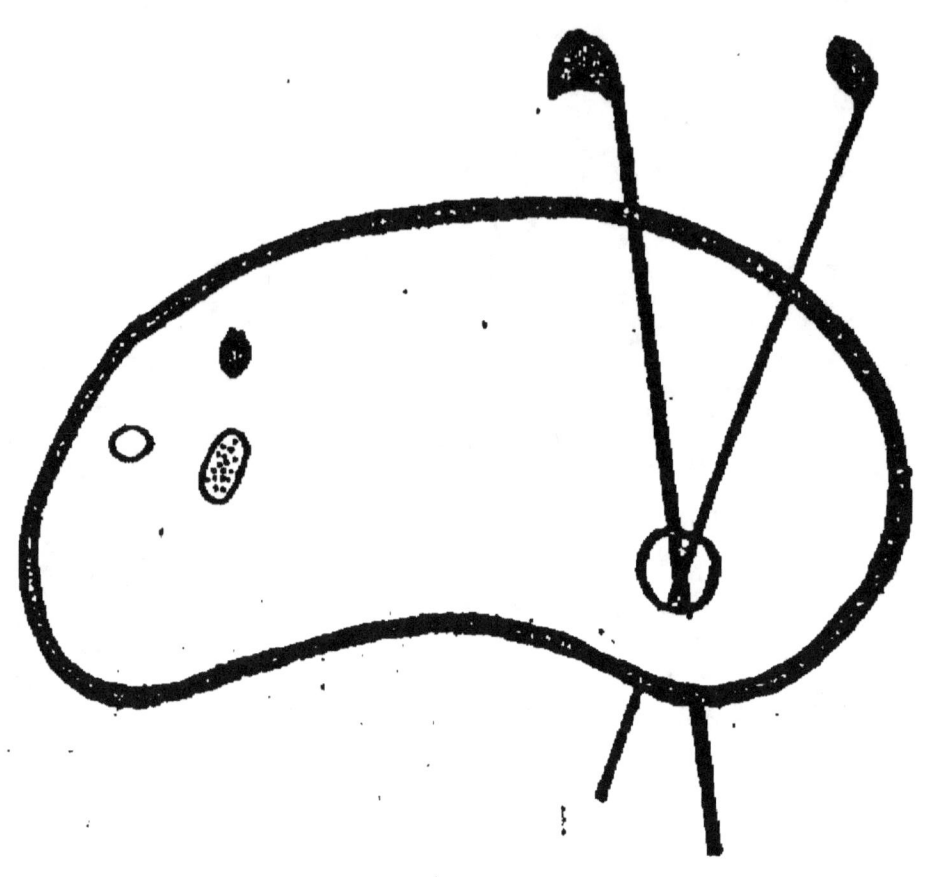

ORIGINAL EN COULEUR
NF Z 43-120-8